Le Secret de Wilhelm Storitz
Jules Verne

W0409743

Titre : Le Secret de Wilhelm Storitz
Nom d'auteur : Jules Verne

© 2024 MAILYS NICANOR VANDENBERGHE
Tous droits réservés.

MAILYS NICANOR VANDENBERGHE
Route de la Plage Public
Maison Brin Colbert
97133 St Barthelemy

ISBN: 9798302610201

I

« … Et arrive le plus tôt que tu pourras, mon cher Henri. Je t'attends avec impatience. D'ailleurs, le pays est magnifique, et cette région de la Basse Hongrie est de nature à intéresser un ingénieur. Ne serait-ce qu'à ce point de vue, tu ne regretteras pas ton voyage.

« À toi de tout cœur,

« Marc VIDAL. »

Ainsi se terminait la lettre que je reçus de mon frère, le 4 avril 1757.

Aucun signe prémonitoire ne marqua l'arrivée de cette lettre, qui me parvint de la manière habituelle, c'est-à-dire par l'entremise successive du piéton, du portier et de mon valet, lequel, sans se douter de l'importance de son geste, me la présenta sur un plateau avec sa tranquillité coutumière.

Et pareille fut ma tranquillité, tandis que j'ouvrais le pli et que je le lisais jusqu'au bout, jusqu'à ces dernières lignes, qui contenaient pourtant en germe les événements extraordinaires auxquels j'allais être mêlé.

Tel est l'aveuglement des hommes ! C'est ainsi que se tisse sans cesse, à leur insu, la trame mystérieuse de leur destin !

Mon frère disait vrai. Je ne regrette pas ce voyage. Mais ai-je raison de le raconter ? N'est-il pas de ces choses qu'il vaut mieux taire ? Qui ajoutera foi à une histoire si étrange, que les plus audacieux poètes n'eussent sans doute pas osé l'écrire ?

Eh bien, soit ! J'en courrai le risque. Qu'on doive ou non me croire, je cède à un irrésistible besoin de revivre cette série d'événements extraordinaires, dont la lettre de mon frère constitue en quelque sorte le prologue.

Mon frère Marc, alors âgé de vingt-huit ans, avait déjà obtenu des succès flatteurs comme peintre de portraits. La plus tendre, la plus étroite affection nous liait l'un à l'autre. De ma part, un peu d'amour paternel, car j'étais son aîné de huit ans. Nous avions été, jeunes encore, privés de notre père et de notre mère, et c'était moi, le grand frère, qui avais dû faire l'éducation de Marc. Comme il montrait d'étonnantes dispositions pour la peinture, je l'avais poussé vers cette carrière, où il devait obtenir des succès si personnels et si mérités.

Mais voici que Marc était à la veille de se marier. Depuis quelque temps déjà, il résidait à Ragz, une importante ville de la Hongrie méridionale. Plusieurs semaines passées à Budapest, la capitale, où il avait fait un certain nombre de portraits très réussis, très largement payés, lui avaient permis d'apprécier l'accueil que reçoivent en Hongrie les artistes. Puis, son séjour achevé, il avait descendu le Danube de Budapest à Ragz.

Parmi les premières familles de la ville, on citait celle du docteur Roderich, l'un des médecins les plus renommés de toute la Hongrie. À un patrimoine considérable, il joignait une fortune importante acquise dans la pratique de son art. Pendant les vacances qu'il s'accordait chaque année et qu'il employait à des voyages, poussant parfois jusqu'en France, en Italie ou en Allemagne, les riches malades déploraient vivement son absence. Les pauvres aussi, car il ne leur refusait jamais ses services, et sa charité ne dédaignait pas les plus humbles, ce qui lui valait l'estime de tous.

La famille Roderich se composait du docteur, de sa femme, de son fils, le capitaine Haralan, et de sa fille Myra. Marc n'avait pu fréquenter cette hospitalière maison sans être touché de la grâce et de la beauté de la jeune fille, ce qui avait infiniment prolongé son séjour à Ragz. Mais, si Myra Roderich lui avait plu, ce n'est pas trop s'avancer de dire qu'il avait plu à Myra Roderich. On voudra bien m'accorder qu'il le méritait, car Marc était – il l'est encore, Dieu merci !

– un brave et charmant garçon, d'une taille au-dessus de la moyenne, les yeux bleus très vifs, les cheveux châtains, le front d'un poète, la physionomie heureuse de l'homme à qui la vie s'offre sous ses plus riants aspects, le caractère souple, le tempérament d'un artiste fanatique des belles choses.

Quant à Myra Roderich, je ne la connaissais que par les lettres enflammées de Marc, et je brûlais du désir de la voir. Mon frère désirait encore plus vivement me la présenter. Il me priait de venir à Ragz comme chef de la famille, et il n'entendait pas que mon séjour durât moins d'un mois. Sa fiancée – il ne cessait de me le répéter – m'attendait avec impatience. Dès mon arrivée, on fixerait la date du mariage. Auparavant, Myra voulait avoir vu, de ses yeux vu, son futur beau-frère, dont on lui disait tant de bien sous tous les rapports – en vérité, c'est ainsi qu'elle s'exprimait, paraît-il !... C'est le moins qu'on puisse juger par soi-même les membres de la famille dans laquelle on va entrer.

Assurément, elle ne prononcerait le oui fatal, qu'après qu'Henri lui aurait été présenté par Marc...

Tout cela, mon frère me le contait dans ses fréquentes lettres avec beaucoup d'entrain, et je le sentais éperdument amoureux de Myra Roderich.

J'ai dit que je ne la connaissais que par les phrases enthousiastes de Marc. Et cependant, puisque mon frère était peintre, il lui eût été facile de la prendre pour modèle, n'est-il pas vrai, et de la transporter sur la toile, ou tout au moins sur le papier, dans une pose gracieuse, revêtue de sa plus jolie robe. J'aurais pu l'admirer de visu, pour ainsi dire... Myra ne l'avait pas voulu. C'est en personne qu'elle apparaîtrait à mes yeux éblouis, affirmait Marc, qui, je le pense, n'avait pas dû insister pour la faire changer d'avis. Ce que tous deux prétendaient obtenir, c'était que l'ingénieur Henri Vidal mit de côté ses occupations, et vînt se montrer dans les salons de l'hôtel Roderich en tenue de premier invité.

Fallait-il tant de raisons pour me décider ? Non certes, et je n'aurais pas laissé mon frère se marier sans être présent à son mariage. Dans un délai assez court, je comparaîtrais donc devant Myra Roderich, et avant qu'elle ne fût devenue ma belle-sœur.

Du reste, ainsi que me le marquait la lettre, j'aurais grand plaisir et grand profit à visiter cette région de la Hongrie. C'est par excellence le pays magyar, dont le passé est riche de tant de faits héroïques, et qui, rebelle à tout mélange avec les races germaniques, occupe une place considérable dans l'histoire de l'Europe centrale.

Quant au voyage, voici dans quelles conditions je résolus de l'effectuer : moitié en poste, moitié par le Danube à l'aller, uniquement en poste au retour. Tout indiqué, ce magnifique fleuve que je ne prendrais qu'à Vienne. Si je ne parcourais pas les sept cents lieues de son cours, j'en verrais du moins la partie la plus intéressante, à travers l'Autriche et la Hongrie, jusqu'à Ragz, près de la frontière serbienne. Là serait mon terminus. Le temps me manquerait pour visiter les villes que le Danube arrose encore de ses eaux puissantes, alors qu'il sépare la Valachie et la Moldavie de la Turquie, après avoir franchi les fameuses Portes de Fer : Viddin, Nicopoli, Roustchouk, Silistrie, Braila, Galatz, jusqu'à sa triple embouchure sur la mer Noire.

Il me sembla que trois mois devaient suffire au voyage tel que je le projetais. J'emploierais un mois entre Paris et Ragz. Myra Roderich voudrait bien ne pas trop s'impatienter et accorder ce délai au voyageur. Après un séjour d'égale durée dans la nouvelle patrie de mon frère, le reste du temps serait consacré au retour en France.

Ayant mis ordre à quelques affaires urgentes et m'étant procuré les papiers réclamés par Marc, je me préparai donc au départ.

Mes préparatifs, fort simples, n'exigeraient que peu de temps, et je ne comptais pas m'encombrer de bagages. Je n'emporterais qu'une seule malle, de taille fort exiguë, contenant l'habit de cérémonie que rendait nécessaire l'événement solennel qui m'appelait en Hongrie.

Je n'avais point à m'inquiéter de la langue du pays, l'allemand m'étant familier depuis un voyage à travers les provinces du Nord. Quant à la langue magyare, peut-être n'éprouverais-je pas trop de difficulté à la comprendre. D'ailleurs, le français est couramment parlé en Hongrie, du moins dans les hautes classes, et mon frère n'avait jamais été gêné, de ce chef, au-delà des frontières autrichiennes.

« Vous êtes Français, vous avez droit de cité en Hongrie », a dit jadis un hospodar à l'un de nos compatriotes, et, dans cette phase très cordiale, il se faisait l'interprète des sentiments du peuple magyar à l'égard de la France.

J'écrivis donc à Marc, en réponse à sa dernière lettre, en le priant de déclarer à Myra Roderich que mon impatience égalait la sienne, et que le futur beau-frère brûlait du désir de connaître sa future belle-sœur. J'ajoutais que j'allais partir sous peu, mais que je ne pouvais préciser le jour de mon arrivée à Ragz, ce jour étant livré aux hasards du voyage. J'assurais toutefois mon frère que je ne m'attarderais certainement pas en route. Si donc la famille Roderich le voulait, elle pouvait sans plus attendre fixer aux derniers jours de mai la date du mariage. « Prière de ne point me couvrir de malédictions, lui disais-je en manière de conclusion, si chacune de mes étapes n'est pas marquée par l'envoi d'une lettre indiquant ma présence en telle ou telle ville. J'écrirai quelquefois, juste assez pour permettre à Mlle Myra d'évaluer le nombre de lieues qui me sépareront encore de sa ville natale. Mais, dans tous les cas, j'annoncerai en temps voulu mon arrivée, à l'heure, et, s'il est possible, à la minute près. »

La veille de mon départ, le 13 avril, j'allai au bureau du lieutenant de police, avec lequel j'étais en relation d'amitié, lui faire mes adieux et retirer mon passeport. En me le remettant, il me chargea de mille compliments pour mon frère, qu'il connaissait de réputation et personnellement, et dont il avait appris les projets de mariage.

« Je sais en outre, ajouta-t-il, que la famille du docteur Roderich, dans laquelle va entrer votre frère, est une des plus honorables de Ragz.

– On vous en a parlé ? demandai-je.

– Oui, précisément hier, à la soirée de l'ambassade d'Autriche, où je me trouvais.

– Et de qui tenez-vous vos renseignements ?

– D'un officier de la garnison de Budapest, qui s'est lié avec votre frère pendant son séjour dans la capitale hongroise, et qui m'en a fait le plus grand éloge. Son succès y fut très vif, et l'accueil qu'il avait reçu à Budapest, il l'a retrouvé à Ragz, ce qui ne saurait vous surprendre, mon cher Vidal.

– Et, insistai-je, cet officier n'a pas été moins élogieux en ce qui concerne la famille Roderich ?

– Assurément. Le docteur est un savant dans toute l'acception du mot. Son renom est universel dans le royaume d'Autriche-Hongrie. Toutes les distinctions lui ont été accordées, et, au total, c'est un beau mariage que fait là votre frère, car, paraît-il, Mlle Myra Roderich est fort jolie personne.

– Je ne vous étonnerai pas, mon cher ami, répliquai-je, en vous affirmant que Marc la trouve telle, et qu'il me semble en être très épris.

– C'est au mieux, mon cher Vidal, et vous voudrez bien transmettre mes félicitations et mes souhaits à votre frère, dont le bonheur aura ce raffinement suprême qu'il fera des jaloux... Mais, s'interrompit mon interlocuteur en hésitant, je ne sais si je ne commets pas une indiscrétion... en vous disant...

– Une indiscrétion ?... fis-je, étonné.

– Votre frère ne vous a jamais écrit que quelques fois avant son arrivée à Ragz...

– Avant son arrivée ?... répétai-je.

– Oui… Mlle Myra Roderich… Après tout, mon cher Vidal, il est possible que votre frère n'en ait rien su.

– Expliquez-vous, cher ami, car je ne vois absolument pas à quoi vous faites allusion.

– Eh bien, il paraît – ce qui ne saurait surprendre – que Mlle Roderich avait été déjà très recherchée, et plus spécialement par un personnage qui, d'ailleurs, n'est pas le premier venu. C'est, du moins, ce que m'a raconté mon officier de l'ambassade, lequel, il y a cinq semaines, se trouvait encore à Budapest.

– Et ce rival ?…

– Il a été éconduit par le docteur Roderich.

– Par conséquent, il n'y a pas lieu de s'en préoccuper. Du reste, si Marc se fût connu un rival, il m'en eût parlé dans ses lettres. Or, il ne m'en a pas soufflé mot. C'est donc que la chose est sans importance.

– En effet, mon cher Vidal, et cependant les prétentions de ce personnage à la main de Mlle Roderich ont fait quelque bruit à Ragz, et mieux vaut, en somme, que vous en soyez informé…

– Sans doute, et vous avez bien fait de me prévenir, puisqu'il ne s'agit pas là d'un simple racontar.

– Non, l'information est très sérieuse…

– Mais l'affaire ne l'est plus, répondis-je, et c'est le principal. »

Comme j'allais prendre congé :

« À propos, mon cher ami, demandai-je, votre officier a-t-il prononcé devant vous le nom de ce rival éconduit ?

– Oui.

– Il se nomme ?…

– Wilhelm Storitz.

– Wilhelm Storitz ?… Le fils du chimiste, de l'alchimiste plutôt ?

– Précisément.

– Eh mais ! c'est un nom !… Celui d'un savant que ses découvertes ont rendu célèbre.

– Et dont l'Allemagne est très fière à juste titre, mon cher Vidal.

– N'est-il pas mort ?

– Oui, il y a quelques années, mais son fils est vivant, et même, d'après mon interlocuteur, ce Wilhelm Storitz serait un homme inquiétant.

– Inquiétant ?… Qu'entendez-vous par cette épithète, cher ami ?

– Je ne saurais dire… Mais, à en croire mon officier de l'ambassade, Wilhelm Storitz ne serait pas comme tout le monde.

– Fichtre ! m'écriai-je plaisamment, voilà qui devient palpitant d'intérêt ! Notre amoureux évincé aurait-il donc trois jambes, ou quatre bras, ou seulement un sixième sens ?

– On n'a pas précisé, répondit en riant mon interlocuteur. Toutefois, je suis porté à supposer que le jugement s'appliquait plutôt à la personne morale qu'à la personne physique de Wilhelm Storitz, dont, si j'ai bien compris, il conviendrait de se défier…

– On s'en défiera, mon cher ami, au moins jusqu'au jour où Mlle Myra Roderich sera devenue Mme Marc Vidal. »

Là-dessus, et sans m'inquiéter autrement de cette information, je serrai cordialement la main du lieutenant de police, et je rentrai chez moi achever mes préparatifs de départ.

II

Je quittai Paris le 14 avril, à sept heures du matin, dans une berline attelée en poste. En une dizaine de jours, je serais arrivé dans la capitale de l'Autriche.

Je glisserai rapidement sur cette première partie de mon voyage. Elle ne fut marquée d'aucun incident, et les contrées que je parcourais commencent à être trop connues pour mériter une description en règle.

Strasbourg fut ma première halte sérieuse. Au sortir de cette ville, je me penchai à la portière. La grande flèche de la cathédrale, le Munster, m'apparut toute baignée des rayons du soleil, qui lui venaient du Sud-Est.

Je passai plusieurs nuits, bercé par la chanson des roues écrasant le gravier de la route, par cette monotonie bruyante, qui, mieux que le silence, finit par vous endormir. Je traversai successivement Oos, Bade, Carlsruhe et quelques autres villes. Puis je laissai en arrière Stuttgart et Ulm en Wurtemberg, en Bavière Augsbourg et Munich. Près de la frontière autrichienne, une halte plus prolongée m'arrêta à Salzbourg, et enfin, le 25 avril, à six heures trente-cinq du soir, les chevaux tout fumants pénétraient dans la cour de la meilleure hôtellerie de Vienne.

Je ne restai que trente-six heures, dont deux nuits, dans cette capitale. C'est à mon retour que je comptais la visiter en détail.

Vienne n'est ni traversée ni bordée par le Danube. Je dus faire environ une lieue en voiture pour atteindre la rive du fleuve dont les eaux complaisantes allaient me descendre jusqu'à Ragz.

La veille, je m'étais assuré d'une place dans une gabare, la Dorothée, aménagée pour le transport des passagers. À bord de cette gabare, il y avait un peu de tout, j'entends par là toutes sortes de gens, des Allemands, des Autrichiens, des Hongrois, des Russes, des Anglais. Les passagers occupaient l'arrière, car les marchandises encombraient l'avant, au point que personne n'y eût trouvé place.

Mon premier soin fut de retenir une couchette pour la nuit dans le dortoir commun. De faire entrer ma malle dans ce dortoir, il n'y fallait pas songer. Je dus la déposer en plein air, près d'un banc sur lequel je comptais bien faire de longues stations au cours du voyage, tout en surveillant ma propriété du coin de l'œil.

Sous la double impulsion du courant et d'un vent assez vif, la gabare descendait rapidement, fendant de son étrave les eaux jaunâtres du beau fleuve, car elles paraissent plutôt teintes d'ocre que d'outremer, quoi qu'en dise la légende. Nous croisions de nombreux bateaux, leurs voiles tendues à la brise, transportant les produits de la campagne qui s'étend à perte de vue sur les deux rives. On passa également près d'un de ces immenses radeaux, trains de bois formés d'une forêt entière, où sont établis des villages flottants, bâtis au départ, détruits à l'arrivée, et qui rappellent les prodigieuses jangadas brésiliennes de l'Amazone. Puis les îles succèdent aux îles, capricieusement semées, grandes ou petites, la plupart émergeant à peine, et si basses parfois qu'une crue de quelques pouces les eût submergées. Le regard se réjouissait à les voir si verdoyantes, si fraîches, avec leurs lignes de saules, de peupliers, de trembles, leurs humides herbages piqués de fleurs aux couleurs vives.

Nous longions aussi des villages aquatiques, élevés tout au bord de la rive. Il semble que le remous des bateaux les fasse osciller sur leur pilotis. Plus d'une fois, nous passâmes sous une corde tendue d'une berge à l'autre, au risque d'y accrocher notre mât, la corde d'un bac que supportaient deux perches surmontées du pavillon national.

Pendant cette journée, nous perdîmes de vue Fischamenan, Rigelsbrun, et la Dorothée relâcha, le soir, à l'embouchure de la March, un affluent de gauche, qui descend de la Moravie, à peu près à la frontière du royaume magyar. C'est là qu'on passa la nuit du 27 au 28 avril, pour repartir le matin, dès l'aube, entraîné par le courant à travers ces territoires, où au XVIe siècle les français et les Turcs se battirent avec tant d'acharnement. Enfin, après avoir franchi le défilé de la Porte de Hongrie, après que le pont de bateaux se fut ouvert devant elle, la gabare arriva au quai de Presbourg.

Une relâche de vingt-quatre heures nécessité par le mouvement des marchandises me permit de visiter cette ville, digne de l'attention des voyageurs. Elle a véritablement l'air d'être bâtie sur un promontoire. Ce serait la mer qui s'étendrait à ses pieds et dont les lames roulantes baigneraient sa base, au lieu des eaux calmes d'un fleuve, qu'il n'y aurait pas lieu d'en être surpris. Au-dessus de la ligne de ses magnifiques quais se dessinent des silhouettes de maisons construites avec une remarquable régularité dans un beau style.

J'admirai la cathédrale, dont la coupole se termine par une couronne dorée, et de nombreux hôtels, quelquefois des palais, qui appartiennent à l'aristocratie hongroise. Puis je fis l'ascension de la colline à laquelle s'accroche le château et visitai cette vaste bâtisse quadrangulaire, flanquée de tours à ses angles comme une ruine féodale. Peut-être pourrait-on regretter d'être monté jusque-là, si la vue ne s'étendait largement sur les superbes vignobles des environs et la plaine infinie où se déroule le Danube.

En aval de Presbourg, dans la matinée du 30 avril, la Dorothée s'engagea à travers la puszta. C'est la steppe russe, c'est la savane américaine, que cette puszta, dont les plaines immenses s'étendent dans toute la Hongrie centrale. Un territoire extrêmement curieux, avec ses pâturages dont on ne voit pas la fin, que parcourent quelquefois dans une galopade échevelée d'innombrables bandes de chevaux, et qui nourrit des troupeaux de bœufs et de buffles par milliers de têtes.

Là se développe en ses multiples zigzags le véritable Danube hongrois. Déjà grossi de puissants tributaires venus des petites Karpathes ou des Alpes Styriennes, il y prend des allures de grand fleuve, après n'avoir guère été que rivière dans sa traversée de l'Autriche.

En imagination, j'en remontais le cours, jusqu'à sa source lointaine, presque à la frontière française, dans le grand-duché de Bade limitrophe de l'Alsace, et je pensais que c'étaient les pluies de France qui lui apportaient ses premières eaux.

Arrivée le soir à Raab, la gabare s'amarra au quai pour la nuit, la journée du lendemain et la nuit suivante. Douze heures me suffirent pour visiter cette cité, plus forteresse que ville, le Gyor des Magyars.

À quelques lieues au-dessous de Raab, le lendemain, je pus, sans m'y arrêter, apercevoir la célèbre citadelle de Kromorn, créée de toutes pièces au XVe siècle par Mathias Corvin, et où se joua le dernier acte de l'insurrection.

Je ne sais rien de plus beau que de s'abandonner au courant du Danube en cette partie du territoire magyar. Toujours des méandres capricieux, des coudes brusques qui varient le paysage, des îles basses à demi noyées, au-dessus desquelles voltigent grues et cigognes. C'est la puszta dans toute sa magnificence, tantôt en prairies luxuriantes, tantôt en collines qui ondulent à l'horizon. Là prospèrent les vignobles des meilleurs crus de la Hongrie. On peut estimer à plus d'un million de pipes, dont le Tokay a sa part, la production de ce pays qui vient après la France, avant l'Italie et l'Espagne, sur la liste des régions viticoles. Cette récolte, dit-on, est presque entièrement consommée sur place. Je ne cacherai pas que je m'en suis offert quelques bouteilles dans les auberges du rivage. Autant de moins pour les gosiers magyars !

À noter que les méthodes de culture s'améliorent d'année en année dans la puszta. Mais il y a encore beaucoup à faire. Il faudrait créer un réseau de canaux d'irrigation qui lui assureraient une extrême fertilité, planter des milliers d'arbres, et les disposer en longs et épais rideaux, comme une barrière contre les mauvais vents. Ainsi les céréales ne tarderaient pas à doubler et tripler leurs rendements.

Par malheur, la propriété n'est pas assez divisée en Hongrie. Les biens de main-morte y sont considérables, il est tel domaine de vingt-cinq milles carrés que son propriétaire n'a jamais pu explorer dans toute son étendue, et les petits cultivateurs ne détiennent pas même le quart de ce vaste territoire.

Cet état de choses, si préjudiciable au pays, changera graduellement, et rien que par cette logique forcée que possède l'avenir. D'ailleurs, le paysan hongrois n'est point réfractaire au progrès. Il est plein de bon vouloir, de courage et d'intelligence. Peut-être est-il un peu trop content de lui-même, moins toutefois que ne l'est le paysan germanique. Entre eux, il y a cette différence que si le premier croit pouvoir tout apprendre, le second croit déjà tout savoir.

Ce fut à Gran, sur la rive droite, que je remarquai un changement dans l'aspect général. Aux plaines de la puszta succédèrent de longues et épaisses collines, extrêmes ramifications des Karpathes et des Alpes Noriques qui enserrent le fleuve et l'obligent à traverser d'étroits défilés.

Gran est le siège de l'évêché primatial de Hongrie, et sans doute le plus envié de tous les évêchés du globe si les biens de ce monde ont quelque attrait pour un prélat catholique. En effet, le titulaire de ce siège, cardinal, primat, légat, prince de l'Empire et chancelier du royaume, est doté d'un revenu qui peut dépasser un million de livres.

En aval de Gran recommence la puszta. Il faut reconnaître que la nature est très artiste. La loi des contrastes, elle la pratique, en grand d'ailleurs, comme tout ce qu'elle fait. Ici, elle a voulu que le paysage, après les aspects si variés entre Presbourg et Gran, fût triste, chagrin, monotone.

En cet endroit, la Dorothée dut choisir l'un des bras qui forment l'île de Saint-André, et qui, d'ailleurs, sont tous les deux praticables à la navigation. Elle prit celui de gauche, ce qui me permit d'apercevoir la ville de Waitzen, dominée par une demi-douzaine de clochers, et dont une église, édifiée sur la rive même, se reflète dans les eaux, entre de grandes masses de verdure.

Au-delà, l'aspect du pays commence à se modifier. Dans la plaine s'échantillonnent des cultures maraîchères, sur le fleuve glissent des embarcations plus nombreuses. L'animation succède au calme. Il est visible que nous approchons d'une capitale. Et quelle capitale ! Double comme certaines étoiles, et si ces étoiles ne sont pas de première grandeur, du moins brillent-elles avec éclat dans la constellation hongroise.

La gabare a contourné une dernière île boisée. Bude apparaît d'abord, Pest ensuite, et c'est dans ces deux cités, inséparables comme des sœurs siamoises, que, du 3 au 6 mai, j'allais prendre quelque repos, en me fatiguant au-delà de toute raison à les visiter consciencieusement.

Entre Bude et Pest, entre la cité turque et la cité magyare passent les flottilles de barques, qui composent la batellerie de l'amont et de l'aval, sortes de galiotes surmontées d'un mât de pavillon à l'avant, et munies d'un large gouvernail dont la barre s'allonge démesurément. L'une et l'autre rive sont transformées en quais, que bordent des habitations d'aspect architectural, au-dessus desquelles pointent flèches et clochers.

Bude, la ville turque, est située sur la rive droite, Pest sur la rive gauche, et le Danube, toujours semé d'îles verdoyantes, forme la corde de la demi-circonférence occupée par la cité hongroise. De son côté, c'est la plaine, où la ville a pu et pourra s'étendre à son aise. Du côté de Bude, c'est une succession de collines bastionnées, que couronne la citadelle.

De turque qu'elle était, Bude tend à devenir hongroise, et même, à bien l'observer, autrichienne. Plus militaire que commerçante, l'animation des affaires lui fait défaut. Qu'on ne s'étonne pas si l'herbe pousse dans ses rues et encadre ses trottoirs. Pour habitants, surtout des soldats. On dirait qu'ils circulent dans une ville en état de siège. En maint endroit flotte le drapeau national dont la soie se déroule à la brise. C'est, à tout prendre, une cité un peu morte à laquelle fait face la si vivante Pest. Ici, pourrait-on dire, le Danube coule entre l'avenir et le passé.

Cependant, si Bude possède un arsenal, et si les casernes ne lui manquent point, on peut y visiter aussi plusieurs palais qui ont fort grand air. J'ai ressenti quelque impression devant ses vieilles églises, devant sa cathédrale qui fut changée en mosquée sous la domination ottomane. J'ai suivi une large rue dont les maisons, à terrasses comme en Orient, sont entourées de grilles. J'ai parcouru les salles de la Maison de Ville, ceinte de barrières aux bigarrures jaunes et noires. J'ai contemplé ce tombeau de Gull-Baba que visitent les pèlerins turcs.

Mais il en fut pour moi comme pour le plus grand nombre des étrangers, et Pest me prit le meilleur de mon temps. Ce temps ne fut point perdu, on peut m'en croire, car, en vérité, deux jours ne suffisent pas à visiter la capitale hongroise, la noble cité universitaire.

Il convient, d'abord, de gravir la colline située au sud de Bude, à l'extrémité du faubourg de Taban, afin d'avoir la vue complète des deux villes. De ce point, on aperçoit les quais de Pest et ses places bordées de palais et d'hôtels d'une belle disposition architecturale. Çà et là, des dômes aux nervures dorées, des flèches hardiment dressées vers le ciel. L'aspect de Pest est assurément grandiose, et ce n'est pas sans raison qu'on l'a quelquefois préféré à celui de Vienne.

Dans la campagne environnante, semée de villas, se développe cette immense plaine de Rakos où, jadis, les cavaliers hongrois tenaient à grand bruit leurs diètes nationales.

On ne peut ensuite négliger de voir avec soin le Musée, les toiles et statues, les salles d'histoire naturelle et d'antiquités préhistoriques, les inscriptions, les monnaies, les collections ethnographiques de grande valeur qu'il contient. Puis, il faut visiter l'île Marguerite, ses bosquets, ses prairies, ses bains alimentés par une source thermale, et aussi le Jardin public, le Stadtwaldchen, arrosé par une petite rivière praticable aux légères embarcations, ses beaux ombrages, ses tentes, ses jeux, et dans lequel s'ébat une foule vive, cavalière, où se rencontrent en grand nombre de remarquables types d'hommes et de femmes.

La veille de mon départ, j'entrai dans une des principales hôtelleries de la ville pour me reposer un instant. La boisson favorite des Magyars, vin blanc mélangé d'une eau ferrugineuse, m'avait agréablement rafraîchi, et j'allais continuer mes courses à travers la ville, lorsque mes regards tombèrent sur une gazette déployée. Je la pris machinalement, et ce titre en grosses lettres gothiques : « Anniversaire Storitz », attira aussitôt mon attention.

Ce nom était celui qu'avait prononcé le lieutenant de police, celui du fameux alchimiste allemand et aussi de ce prétendant évincé à la main de Myra Roderich. Il ne pouvait y avoir doute à cet égard.

Voici ce que je lus :

« Dans une vingtaine de jours, le 25 mai, l'anniversaire d'Otto Storitz sera célébré à Spremberg. On peut affirmer que la population se portera en foule au cimetière de la ville natale du célèbre savant.

« On le sait, cet homme extraordinaire a illustré l'Allemagne par ses travaux merveilleux, par ses découvertes étonnantes, par ses inventions qui ont tant contribué aux progrès des sciences physiques. »

L'auteur de l'article n'exagérait pas, en vérité. Otto Storitz était justement célèbre dans le monde scientifique. Mais, ce qui me donna le plus à penser, ce furent les lignes suivantes :

« Personne n'ignore que, de son vivant, près de certains esprits enclins au surnaturel, Otto Storitz a passé pour être quelque peu sorcier. Un ou deux siècles plus tôt, il n'est pas bien sûr qu'il n'eût pas été arrêté, condamné, brûlé en place publique. Nous ajouterons que, depuis sa mort, nombre de gens, évidemment disposés à la crédulité, le tiennent plus que jamais pour un faiseur de sortilèges et d'incantations, ayant possédé un pouvoir surhumain. Ce qui les rassure, c'est qu'il a emporté ses secrets dans la tombe. Il ne faut pas compter que ces braves gens ouvriront jamais les yeux, et pour eux Otto Storitz restera bel et bien un kabaliste, un magicien, voire un démoniaque. »

Qu'il soit ce que l'on voudra, pensai-je, l'important est que son fils ait été définitivement éconduit par le docteur Roderich. Quant au reste, peu me chaud !

La gazette concluait en ces termes :

« Il y a donc lieu de croire que la foule sera considérable, comme tous les ans, à la cérémonie de l'anniversaire, sans parler des amis sérieux restés fidèles au souvenir d'Otto Storitz. Il n'est pas téméraire de penser que la population on ne peut plus superstitieuse de Spremberg s'attend à quelque prodige et désire en être témoin. D'après ce qu'on répète couramment en ville, le cimetière doit être le théâtre des plus invraisemblables et des plus extraordinaires phénomènes. Personne ne s'étonnerait si, au milieu de l'épouvante générale, la pierre du tombeau se soulevait et si le fantastique savant ressuscitait dans toute sa gloire.

« Selon l'opinion de quelques-uns, Otto Storitz ne serait même pas mort, et on aurait procédé à de fausses funérailles le jour de ses obsèques.

« Nous ne nous attarderons pas à discuter de pareilles sornettes. Mais, comme chacun sait, les superstitions n'ont que faire de la logique, et bien des années s'écouleront avant que le bon sens ait détruit ces ridicules légendes. »

Cette lecture ne laissa pas de me suggérer quelques réflexions pessimistes. Que Otto Storitz fût mort et enterré, rien de plus certain. Que son tombeau dût se rouvrir le 25

mai, et qu'il dût apparaître comme un nouveau Lazare aux regards de la foule, cela ne valait pas la peine qu'on s'y arrêtât un instant. Mais, si le décès du père n'était pas contestable, il ne l'était pas davantage qu'il eût un fils vivant et bien vivant, ce Wilhelm Storitz repoussé par la famille Roderich. N'y avait-il lieu de craindre qu'il ne causât des ennuis à Marc, qu'il ne créât des difficultés à son mariage ?...

« Bon ! me dis-je à moi-même en rejetant la gazette, voici que je déraisonne. Wilhelm Storitz a demandé la main de Myra... on la lui a refusée... Et après ? On ne l'a plus revu, ce Storitz, et, puisque Marc ne m'a jamais dit un mot de cette affaire, je ne vois pas pourquoi j'y attacherais quelque importance. »

Je me fis apporter papier, plume, encre, et j'écrivis à mon frère pour lui annoncer que je quitterais Pest le lendemain et que j'arriverais dans l'après-midi du 11 mai, car je n'étais plus qu'à soixante-quinze lieues de Ragz, tout au plus. Je lui marquais que jusqu'ici mon voyage s'était effectué sans incidents ni retards, et que je ne voyais aucune raison à ce qu'il ne s'achevât pas de même. Je n'oubliais pas de présenter mes hommages à M. et à Mme Roderich, et j'y joignais, pour Mlle Myra, l'assurance de mon affectueuse sympathie, que Marc voudrait bien lui transmettre.

Le lendemain, à huit heures, la Dorothée démarra de l'appontement installé le long du quai et prit le courant.

Il va de soi que, depuis Vienne, il s'était fait à chaque escale un renouvellement dans le personnel des passagers. Les uns avaient débarqué à Presbourg, à Raab, à Gran, à Budapest ; les autres s'étaient embarqués au départ des susdites villes. Il n'en était que cinq ou six, ayant pris le bateau dans la capitale autrichienne, entre autres des Anglais, qui devaient descendre jusqu'à la mer Noire.

À Pest comme aux escales de l'amont, la Dorothée avait donc reçu de nouveaux passagers. L'un de ceux-ci attira plus particulièrement mon attention, tant son allure me sembla bizarre.

C'était un homme de trente-cinq ans environ, grand, d'un blond ardent, de figure dure, le regard impérieux, au total, des moins sympathiques. Son attitude indiquait l'homme hautain et dédaigneux. À plusieurs reprises, il s'adressa au personnel du bord, ce qui me permit d'entendre sa voix sèche, désagréable et le ton cassant dont ses questions étaient faites.

Ce passager paraissait ne vouloir frayer avec personne. Peu m'importait, puisque, jusqu'alors, je m'étais tenu moi-même dans une extrême réserve vis-à-vis de mes compagnons de voyage. Le patron de la Dorothée était le seul à qui j'eusse demandé quelques renseignements de route.

À bien considérer ce personnage, j'avais lieu de penser que c'était un Allemand, très probablement originaire de la Prusse. Cela se sentait, comme on dit, et tout en lui portait la marque teutonne. Impossible de le confondre avec ces braves Hongrois, ces sympathiques Magyars, vrais amis de la France.

La gabare, en quittant Budapest, ne marchait guère plus vite que le courant. La brise, très légère, ne lui imprimait qu'une faible vitesse propre. De là toute facilité pour observer en détail les paysages offerts à nos regards. Après que la double ville eut été laissée en arrière, la Dorothée, arrivant à l'île Czepel qui sépare le Danube en deux bras, s'engagea dans celui de gauche.

Peut-être le lecteur s'étonne-t-il – en admettant que je doive avoir jamais des lecteurs ! – de la complète banalité d'un voyage dont j'ai commencé par vanter l'étrangeté ? S'il en est ainsi, qu'il prenne patience. Avant qu'il soit longtemps, on aura de l'étrange autant qu'on en peut désirer.

Précisément, ce fut au moment où la Dorothée contournait l'île Czepel, que se produisit le premier incident dont j'aie gardé la mémoire. Un incident des plus insignifiants, d'ailleurs. Ai-je même le droit d'appeler « incident » un fait de si peu d'importance, et, au surplus, totalement imaginaire, ainsi que j'en eus la preuve sur-le-champ ? Quoi qu'il en soit, voici la chose.

J'étais alors à l'arrière du bateau, debout, près de ma petite malle, sur le couvercle de laquelle était cloué un papier où qui voulait pouvait lire mes nom, prénom, adresse et qualité. Accoudé au garde-fou, je laissais béatement errer mes yeux sur la puszta qui se développe en aval de Pest, et je ne pensais à rien, je l'avoue.

Tout à coup, j'eus l'obscure sensation qu'il y avait quelqu'un derrière moi.

Chacun connaît, pour l'avoir goûtée, cette gêne sourde que nous ressentons, quand nous sommes regardés à notre insu par quelqu'un dont nous ignorons la présence. C'est un phénomène mal ou pas expliqué et, au demeurant, assez mystérieux. Eh bien ! à ce moment, j'éprouvai une gêne de ce genre.

Je me retournai brusquement. Dans mon voisinage immédiat, il n'y avait personne.

L'impression avait été si nette, que je restai quelques minutes bouche bée, en constatant ma solitude. Mais enfin il fallait bien me rendre à l'évidence, et reconnaître que plus de dix toises me séparaient des passagers les plus proches.

En me gourmandant de ma sotte nervosité, je repris donc ma posture première, et bien certainement je n'eusse gardé aucun souvenir de ce futile incident, si des événements, auxquels j'étais alors bien loin de m'attendre, ne se fussent chargés de me le remettre en mémoire.

En tout cas, sur le moment, je cessai aussitôt d'y penser, et mes regards se reportèrent vers la puszta, qui se déroulait devant moi, avec ses curieux effets de mirage, ses longues plaines, ses pâturages verdoyants, ses cultures plus serrées, plus riches dans le voisinage de la grande ville. Sur le fleuve, c'était toujours le chapelet des îles basses, hérissées de saules, dont la tête émergeait comme de grosses touffes d'un gris pâle.

Au cours de cette journée du 7 mai, nous fîmes près de vingt lieues, en suivant les multiples replis du fleuve, sous un ciel incertain, qui donna plus d'heures humides que d'heures sèches. Le soir venu, on s'arrêta pour la nuit entre Duna Pentele et Duna Foldrar. La journée du lendemain fut en tous points semblable, et de nouveau on fit halte en rase campagne, une dizaine de lieues au-dessus de Batta.

Le 9 mai, le temps rasséréné, on partit avec la certitude d'arriver à Mohacz avant le soir.

Vers neuf heures, au moment où j'entrais dans le rouf, le passager allemand en sortait. Nous faillîmes nous heurter, et je fus surpris du regard singulier qu'il m'adressa. C'était la première fois que le hasard nous rapprochait l'un de l'autre, et pourtant, non seulement il y avait de l'insolence dans ce regard, mais – je rêvais sans doute – on eût juré qu'il y avait aussi de la haine.

Que me voulait-il, cet individu ? Me haïssait-il simplement parce que j'étais Français ? La pensée me vint, en effet, qu'il avait pu lire mon nom sur le couvercle de ma malle, ou même sur la plaque de mon sac de voyage, déposé sur une des banquettes du rouf. C'était peut-être cela qui me valait d'être dévisagé de cette façon.

Eh bien, s'il savait mon nom, j'étais décidé à ignorer le sien, car le personnage m'intéressait fort peu.

La Dorothée fit escale à Mohacz, mais assez tard pour que, de cette ville assez importante, je n'aie vu que deux flèches aiguës, au-dessus d'une masse déjà noyée d'ombre. Je descendis cependant, et, après une excursion d'une heure, je rentrai à bord.

Embarquement de quelques passagers, et démarrage au point du jour, le 10 mai.

Pendant cette journée, l'individu en question me croisa plusieurs fois sur le pont, en affectant de me regarder d'un air qui décidément me déplaisait. Je n'aime pas à chercher querelle aux gens, mais je n'aime pas non plus qu'on m'observe avec cette persistance désobligeante. S'il avait quelque chose à dire, pourquoi cet impertinent ne me le disait-il ? Ce n'est pas avec les yeux que l'on parle dans ce cas, et, s'il ne comprenait pas le français, j'aurais bien su lui répondre en sa langue.

Toutefois, si j'en arrivais à interpeller le Teuton, mieux valait que j'eusse obtenu préalablement quelque renseignement à son sujet.

J'interrogeai le patron de la gabare, et lui demandai s'il connaissait ce passager :

« Je le vois pour la première fois, me répondit-il.

– C'est un Allemand ? repris-je.

– À n'en pas douter, monsieur Vidal, et je pense même qu'il l'est deux fois, car il doit être Prussien.

– Eh ! c'est déjà trop d'une ! » m'écriai-je, réponse peu digne, je le concède, d'un esprit cultivé, mais que parut goûter le capitaine, qui était d'origine hongroise.

Dans l'après-midi, le bateau évolua à la hauteur de Zombor, trop éloignée de la rive gauche du fleuve pour qu'il soit possible de l'apercevoir. C'est une cité très importante, située, comme Szegedin, dans cette vaste presqu'île formée par les deux cours du Danube et de la Theiss, l'un de ses plus considérables affluents.

Le lendemain, en suivant les nombreuses sinuosités du fleuve, la Dorothée se dirigea vers Vukovar, bâtie sur la rive droite. Nous longions alors cette frontière de la Slavonie, où le fleuve modifie sa direction Nord-Sud pour courir vers l'Est. Là s'étendait aussi le territoire des Confins militaires. De distance en distance on voyait, un peu en arrière de la berge, de nombreux corps de garde, toujours en communication par le va-et-vient des sentinelles qui occupent des cabanes de bois et des guérites de branchages.

Ce territoire est administré militairement. Tous les habitants désignés sous le nom de grenzer, y sont soldats. Les provinces, les districts, les paroisses, s'effacent pour faire place aux régiments, aux compagnies de cette armée spéciale. On comprend sous la dénomination de Confins militaires, depuis les rivages de l'Adriatique jusqu'aux montagnes de la Transylvanie, une aire de six cent dix milles carrés, dont la population, soit plus de onze mille âmes, est soumise à une sévère discipline. Cette institution date d'avant le présent règne de Marie-Thérèse, et elle a sa raison d'être, non seulement contre les Turcs, mais aussi, comme cordon sanitaire, contre la peste. L'une ne vaut pas mieux que les autres.

À partir de Vukovar, je cessai d'apercevoir l'Allemand à bord. Sans doute, il avait débarqué dans cette ville. Je fus ainsi délivré de sa présence, ce qui m'épargna toute explication avec lui.

Maintenant, d'ailleurs, d'autres pensées occupaient mon esprit. Dans peu d'heures, le bateau serait arrivé à Ragz. Quelle joie de revoir mon frère dont j'étais séparé depuis plus d'un an, de le presser dans mes bras, de causer tous les deux de choses pour nous si intéressantes, de faire connaissance avec sa nouvelle famille !

Vers cinq heures de l'après-midi, sur la rive gauche, entre les saules de la berge et derrière un rideau de peupliers, apparurent quelques églises, les unes couronnées de dômes, les autres dominées par des flèches, qui se découpaient sur un fond de ciel où couraient de rapides nuages.

C'étaient les premiers linéaments d'une grande ville, c'était Ragz. Au dernier tournant du fleuve, elle apparut tout entière, pittoresquement assise au pied de hautes collines dont l'une portait l'ancien château féodal, l'acropole traditionnelle des vieilles cités de la Hongrie.

Poussée par la brise, la gabare se rapprocha du débarcadère. Elle accosta. C'est à cet instant précis que survint le deuxième incident de mon voyage. Mérite-t-il, cette fois, d'être raconté ?... Qu'on en juge.

J'étais debout, près du bastingage de bâbord, regardant la ligne des quais, tandis que la plupart des passagers gagnaient la coupée. À la sortie de l'appontement se tenaient de nombreux groupes, et je ne doutais pas que Marc en fît partie.

Or, comme je cherchais à l'apercevoir, j'entendis, près de moi, distinctement prononcés en langue allemande, ces mots inattendus :

« Si Marc Vidal épouse Myra Roderich, malheur à elle, malheur à lui ! »

Je me retournai vivement... J'étais seul à cette place. Pourtant quelqu'un venait de me parler ! Oui, on m'avait parlé, et, j'irai plus loin, la voix ne m'était pas inconnue !...

Cependant, personne, je le répète, personne !... Évidemment, je m'étais trompé en croyant entendre cette phrase menaçante... Une espèce d'hallucination, rien de plus... Il fallait que mes nerfs fussent en fâcheux état, pour me jouer de pareils tours à deux jours d'intervalle !... Stupéfait, je regardai de nouveau autour de moi... Non, il n'y avait personne... Que pouvais-je faire, sinon hausser les épaules et débarquer purement et simplement ?

Et c'est bien ce que je fis, en effet, en me frayant avec peine un passage au milieu de la foule assourdissante qui encombrait l'appontement.

III

Marc m'attendait, comme je l'avais pensé, au débarcadère et me tendait les bras. Nous nous serrâmes cœur contre cœur.

« Henri… mon cher Henri ! répétait-il, la voix émue, les yeux humides, bien que toute sa physionomie exprimât le bonheur.

– Mon cher Marc, disais-je de mon côté, que je t'embrasse encore ! »

Puis, après les premières effusions :

« Allons ! en route ! m'écriais-je. Tu m'emmènes chez toi, je pense ?

– Oui, à l'hôtel, l'hôtel Temesvar, à dix minutes d'ici, rue du Prince-Miloch… mais non sans t'avoir présenté auparavant à mon futur beau-frère. »

Je n'avais pas remarqué un officier qui se tenait un peu en arrière de Marc. C'était un capitaine. Il portait l'uniforme de l'infanterie des Confins militaires. Vingt-huit ans au plus, d'une taille au-dessus de la moyenne, belle prestance, la moustache et la barbiche châtain, l'air fier et aristocratique du Magyar, mais les yeux accueillants, la bouche souriante, d'abord très sympathique.

« Le capitaine Haralan Roderich », prononça Marc.

Je pris la main que me tendait le capitaine Haralan.

« Monsieur Vidal, me dit-il, nous sommes heureux de vous voir, et vous ne vous imaginez pas quel plaisir votre arrivée si impatiemment attendue va causer à toute ma famille.

– Y compris Mlle Myra ? demandai-je.

– Je le crois bien ! s'écria mon frère, et ce n'est point sa faute, mon cher Henri, si la Dorothée n'a pas fait ses dix lieues à l'heure depuis ton départ de Vienne ! »

À noter que le capitaine Haralan parlait couramment le français, comme son père, sa mère, sa sœur, qui avaient voyagé en France. D'autre part, puisque Marc et moi nous avions une parfaite connaissance de la langue allemande, avec quelque teinture de la langue hongroise, dès ce jour-là et dans la suite nous pûmes converser indifféremment dans ces diverses langues, qui s'entremêlaient parfois.

Une voiture prit mon bagage. Le capitaine Haralan et Marc y montèrent avec moi, et, quelques minutes après, elle s'arrêta devant l'hôtel Temesvar.

Rendez-vous fixé au lendemain pour ma première visite à la famille Roderich, je restai seul avec mon frère, dans une chambre assez confortable, voisine de celle qu'il occupait depuis son installation à Ragz.

Notre entretien se poursuivit jusqu'à l'heure du dîner.

« Mon cher Marc, lui dis-je, nous voici donc enfin réunis tous deux en bonne santé, n'est-ce pas ?… Si je ne me trompe, c'est une grande année qu'aura duré notre séparation.

– Oui, Henri, et le temps m'a paru long, bien que la présence de ma chère Myra en ait joliment abrégé les derniers mois… Mais, te voilà, et l'absence ne m'a pas fait oublier que tu es mon grand frère.

– Ton meilleur ami, Marc.

– Aussi, Henri, tu le comprends, mon mariage ne pouvait s'accomplir sans que tu fusses là, près de moi !... Ne devais-je pas, d'ailleurs, te demander ton consentement ?

– Mon consentement ?

– Oui, comme je le demanderais à notre père, s'il était là. Mais, pas plus que lui, tu n'aurais eu à me le refuser, et, quand tu la connaîtras...

– Je la connais déjà par tes lettres, et je sais que tu es heureux.

– Plus que je ne saurais dire. Tu la verras, tu la jugeras, et tu l'aimeras, j'en suis sûr ! C'est la meilleure des sœurs que je te donne

– Et que j'accepte, mon cher Marc, sachant d'avance que tu ne peux faire qu'un choix excellent. Mais pourquoi ne pas rendre visite au docteur Roderich dès ce soir ?

– Non, demain... Nous ne pensions pas que le bateau arriverait de si bonne heure, et on ne t'attendait que dans la soirée. C'est seulement par excès de prudence que nous sommes venus sur le quai, Haralan et moi, et bien nous en a pris, puisque nous avons assisté au débarquement. Ah ! si ma chère Myra avait su !... Comme elle regrettera !... Mais, je le répète, tu n'es attendu que pour demain. Mme Roderich et sa fille ont disposé de leur soirée, et demain elles t'en feront toutes leurs excuses.

– C'est convenu, Marc, répondis-je, et puisque nous nous appartenons pour quelques heures aujourd'hui, employons-les à causer, à parler du passé et de l'avenir, à échanger tout ce que deux frères peuvent avoir de souvenirs, après une année de séparation. »

Marc me raconta alors son voyage depuis qu'il avait quitté Paris, toutes ses étapes marquées par le succès, son séjour à Vienne, à Presbourg, où les portes du monde artiste s'étaient grandes ouvertes devant lui. Il ne m'apprit rien, en somme. Un portrait signé de Marc Vidal ne peut être que très recherché, très disputé, et avec la même ardeur par les riches Autrichiens que par les riches Magyars.

« Je n'y pouvais suffire mon cher Henri. Des demandes et. même des enchères de toutes parts ! Que veux-tu, le mot avait été dit par un brave bourgeois de Presbourg : « Marc Vidal fait plus ressemblant que nature. » Aussi, ajouta mon frère en plaisantant, il ne me paraît pas impossible qu'on m'enlève un de ces jours pour portraiturer toute la Cour de Vienne !

– Prends garde, Marc, prends garde ! Voilà qui t'occasionnerait quelque embarras s'il te fallait maintenant quitter Ragz pour te rendre à la Cour !

– Je déclinerais l'invitation le plus respectueusement du monde, mon ami. À présent il ne peut être question de portraits... ou plutôt je viens d'achever le dernier.

– Le sien, n'est-ce pas ?

– Le sien, et ce n'est sans doute pas ce que j'ai fait de plus mal.

– Qui sait ? m'écriai-je. Lorsqu'un peintre est plus préoccupé du modèle que du portrait...

– Enfin, Henri, tu verras !... Je te le répète : plus ressemblant que nature !... C'est mon genre, paraît-il... Oui, tout le temps que ma chère Myra posait, mes yeux ne pouvaient se détacher d'elle. Mais elle ne plaisantait pas. Ce n'était pas au fiancé, c'était au peintre, qu'elle entendait consacrer ces heures trop courtes... Et mon pinceau courait sur la toile… Avec quelle passion !… Parfois, il me semblait que le portrait allait s'animer, prendre vie, comme la statue de Galathée…

– Du calme, Pygmalion, du calme. Dis-moi plutôt comment tu es entré en relation avec la famille Roderich.

– C'était écrit.

– Je n'en doute pas, mais encore…

– Plusieurs salons de Ragz m'avaient fait l'honneur de m'admettre dès les premiers jour de mon arrivée. Rien ne pouvait m'être plus agréable, ne fût-ce que pour y passer les soirées toujours longues dans une ville étrangère. Je fréquentais assidûment ces salons où je trouvais bon accueil, et c'est dans l'un d'eux que j'ai renouvelé connaissance avec le capitaine Haralan.

– Renouvelé ?… demandai-je.

– Oui, Henri, car je l'avais déjà plusieurs fois rencontré à Pest. Un officier du plus grand mérite, destiné à un bel avenir, en même temps le plus aimable des hommes, et auquel il n'a manqué, pour se conduire en héros lors des guerres de Mathias Corvin…

– Que d'être né à cette époque ! répliquai-je en riant.

– Comme tu dis, reprit Marc sur le même ton. Bref, ici nous nous sommes vus tous les jours, et nos relations d'abord un peu vagues se sont peu à peu changées en une étroite amitié. Il a voulu me présenter à sa famille, et j'ai accepté d'autant plus volontiers que j'avais déjà rencontré Myra dans quelques réceptions, et…

– Et, continuai-je, la sœur n'étant pas moins charmante que le frère, tes visites se sont multipliées à l'hôtel du docteur Roderich…

– Oui, Henri, depuis trois mois, je n'ai pas laissé passer une soirée sans m'y rendre. Après cela, lorsque je parle de ma chère Myra, peut-être crois-tu que j'exagère…

– Mais non, mon ami, mais non ! tu n'exagères pas… Je suis certain qu'il ne serait pas possible d'exagérer en parlant d'elle. Et même, si tu veux connaître mon avis sincère, je t'avouerai que je te trouve modéré.

– Ah ! cher Henri, que je l'aime !

– Cela se voit. D'autre part, je suis satisfait de penser que tu vas entrer dans la plus honorable des familles…

– Et la plus honorée, répondit Marc. Le docteur Roderich est un médecin très estimé, et ses confrères font de lui le plus grand cas. En même temps le meilleur des hommes et bien digne d'être le père…

– De sa fille, dis-je, comme Mme Roderich est non moins digne, sans doute, d'en être la mère.

– Elle ! l'excellente femme ! s'écria Marc. Adorée de tous les siens, pieuse, charitable, s'occupant de bonnes œuvres…

– Une perfection, quoi ! et qui sera une belle-mère comme il ne s'en trouve plus en France, n'est-ce pas, Marc !

– Plaisante !… Plaisante !… D'abord, Henri, ici, nous ne sommes pas en France, mais en Hongrie, dans ce pays magyar où les mœurs ont gardé quelque chose de la sévérité d'autrefois, où la famille est encore patriarcale…

– Allons, futur patriarche, car tu le seras à ton tour…

– C'est une situation sociale qui en vaut bien une autre !

– Oui, émule de Mathusalem, de Noé, d'Abraham, d'Isaac, de Jacob ! Enfin, ton histoire, ce me semble, n'a rien de bien extraordinaire. Grâce au capitaine Haralan, tu as été introduit dans cette famille et on t'y a fait le meilleur accueil, ce qui ne saurait m'étonner, tel que je te connais ; tu n'as pu voir Mlle Myra sans être séduit par ses qualités physiques et morales…

– Comme tu dis, frère !

– Les qualités morales, c'était pour le fiancé. Les qualités physiques, c'était pour le peintre, et celles-ci ne s'effaceront pas plus de la toile que celles-là de ton cœur… Que penses-tu de ma phrase ?

– Boursouflée, mais juste, mon cher Henri !

– Juste aussi ton appréciation, et, pour conclure, de même que Marc Vidal n'a pu voir Mlle Myra Roderich sans être touché de sa grâce, Mlle Myra Roderich n'a pu voir Marc Vidal sans être touchée de…

– Je ne dis pas cela, Henri !

– Mais je le dis, moi, ne fût-ce que par respect pour la sainte vérité des choses… Et M. et Mme Roderich, après s'être aperçus de ce qui se passait, n'en ont point pris ombrage. Et Marc n'a pas tardé à s'en ouvrir au capitaine Haralan. Et le capitaine Haralan n'a point vu cela d'un mauvais œil. Il a parlé de cette petite affaire à ses parents, et ceux-ci en ont parlé à leur fille. Puis, Marc Vidal a fait officiellement sa demande qui fut agréée, et ce roman va finir comme tant d'autres du même genre…

– Ce que tu appelles la fin, mon cher Henri, interrompit Marc, c'est, à mon avis, le commencement.

– Tu as raison, Marc, et j'en suis à ne plus connaître la valeur des mots… À quand le mariage ?

– On attendait ton arrivée pour en fixer définitivement la date.

– Eh bien, quand vous voudrez… dans six semaines… dans six mois… dans six ans…

– Mon cher Henri, répondit Marc, tu voudras bien dire au docteur, j'y compte, que le temps d'un ingénieur est très précieux, et que si tu prolongeais outre mesure ton séjour à Ragz, le fonctionnement du système solaire, n'étant plus soumis à tes savants calculs, pourrait être détraqué.

– En un mot, que je serais responsable des tremblements de terre, inondations, raz-de-marée et autres cataclysmes ?

– C'est cela… Qu'on ne peut donc reculer la cérémonie plus tard…

– Qu'après-demain ou même ce soir, n'est-ce pas ?… Sois rassuré, mon cher Marc, je dirai tout ce qu'il faudra, bien que mes calculs ne soient pas, en réalité, si nécessaires que tu le supposes au bon ordre de l'univers, ce qui me permettra de passer un bon mois près de ta femme et près de toi.

– Ce serait parfait.

– Mais, mon cher Marc, quels sont tes projets ? As-tu l'intention de quitter Ragz aussitôt après ton mariage ?

– Voilà ce qui n'est pas encore décidé, répondit Marc, et nous avons le temps d'étudier la question. Je ne m'occupe que du présent. Quant à l'avenir, il se borne pour moi à mon mariage. Rien n'existe au-delà.

– Le passé n'est plus, m'écriai-je, l'avenir n'est pas, le présent est seul ! Il y a là-dessus un concerto italien que tous les amoureux récitent aux étoiles. »

La conversation se continua sur ce ton jusqu'à l'heure du dîner. Puis Marc et moi, fumant notre cigare, nous allâmes faire les cent pas en suivant le quai qui longe la rive gauche du Danube.

Ce n'est pas cette première promenade nocturne qui pouvait me donner un aperçu de la ville. Mais, le lendemain et les jours suivants, j'aurais tout le temps de la visiter en détail, plus probablement en compagnie du capitaine Haralan que de Marc.

Il va de soi que le sujet de notre conversation n'avait pas changé et que Myra Roderich ne cessa d'en être l'objet.

Un mot, je ne sais lequel, me rappela ce que m'avait dit à Paris, la veille de mon départ, le lieutenant de police. Rien dans les paroles de mon frère n'indiquait que son roman eût été troublé, fût-ce un jour. Et pourtant, si Marc n'avait pas de rival, du moins ce rival avait-il existé, puisque Myra Roderich avait été recherchée par le fils d'Otto Storitz. Rien d'étonnant, au surplus, qu'on eût demandé la main d'une jeune fille accomplie et dans une belle situation de fortune.

Naturellement, les paroles que j'avais cru entendre au moment où j'allais débarquer me revinrent alors à l'esprit. Je persistais à croire que j'avais été dupe d'une illusion. D'ailleurs, en admettant qu'elles eussent été réellement prononcées, quelle conclusion pouvais-je en tirer, puisque je ne savais à qui les attribuer ? J'aurais été assez porté à incriminer l'antipathique Allemand que nous avions embarqué à Pest. Mais il me fallait y renoncer, cet impertinent ayant quitté le bateau à Vukovar. Restait donc seulement, dans ce cas, l'hypothèse d'un mauvais plaisant.

Sans faire connaître cet incident à mon frère, je crus devoir lui toucher un mot de ce que j'avais appris relativement à Wilhelm Storitz.

Marc répondit d'abord par un geste de dédain des plus caractéristiques. Puis il me dit :

« En effet, Haralan m'a parlé de cet individu. C'est, paraît-il, le fils unique de ce savant, Otto Storitz, auquel, en Allemagne, on a fait une réputation de sorcier, réputation injustifiée d'ailleurs, car il a réellement tenu une place considérable dans les sciences naturelles, et il a fait des découvertes importantes en chimie et en physique. Mais la demande de son fils a été repoussée.

– Bien avant que la tienne eût été agréée, n'est-ce pas ?

– Quatre ou cinq mois avant, si je ne me trompe, répondit mon frère.

– Les deux faits n'ont donc aucun rapport ?

– Aucun.

– Mlle Myra a-t-elle su que Wilhelm Storitz avait aspiré à l'honneur de devenir son époux, comme on dit dans la chanson ?

– Je ne le crois pas.

– Et, depuis, il n'a jamais fait de démarche ?

– Jamais. Il a dû comprendre qu'il n'avait aucune chance.

– Pourquoi cela ? Est-ce que sa réputation ?...

– Non. Wilhelm Storitz est une sorte d'original dont l'existence est assez mystérieuse, et qui vit très retiré...

– À Ragz ?

– Oui, à Ragz, dans une maison isolée du boulevard Tékéli, où personne ne pénètre. On le tient pour un garçon bizarre, voilà tout. Mais c'est un Allemand, et cela eût suffi à motiver le refus de M. Roderich, car les Hongrois n'aiment guère les représentants de la race teutonne.

– L'as-tu rencontré ?

– Quelquefois, et un jour, au musée, le capitaine Haralan me l'a montré, sans qu'il ait paru nous apercevoir.

– Est-il en ce moment à Ragz ?

– Je ne puis te répondre exactement, Henri, mais je crois qu'on ne l'y a pas vu depuis deux ou trois semaines.

– Cela vaudrait mieux qu'il eût quitté la ville.

– Bon ! fit Marc, laissons cet homme où il est, et si jamais il y a une dame Wilhelm Storitz, tu peux être sûr que ce ne sera pas Myra Roderich, puisque…

– Oui, répliquai-je, puisqu'elle sera Mme Marc Vidal ! »

Notre promenade se poursuivit sur le quai jusqu'au pont de bateaux qui réunit la rive hongroise à la rive serbienne… J'avais un but en la prolongeant ainsi. Depuis quelques instants, il me semblait que nous étions suivis par un individu qui marchait derrière nous, comme s'il eût cherché à entendre notre conversation. Je voulais en avoir le cœur net. Nous fîmes une halte de quelques minutes sur le pont, admirant le grand fleuve qui, par cette nuit pure, reflétait par milliers les astres du ciel, pareils à des poissons aux écailles lumineuses. Je profitai de cette halte pour inspecter le quai d'où nous venions. À quelque distance, j'aperçus un homme de taille moyenne, et, si j'en jugeai par sa démarche pesante, d'un certain âge.

Du reste, je cessai bientôt d'y penser. Pressé de questions par Marc, je dus lui donner des renseignements sur mes propres affaires, des nouvelles de nos amis communs, du monde artiste avec lequel j'avais de fréquents rapports. Nous parlâmes beaucoup de Paris, où il retournerait se fixer après son mariage. Myra, paraît-il, se faisait une joie de revoir ce Paris qu'elle connaissait déjà, et de le revoir au bras d'un époux.

J'informai Marc que j'avais apporté tous les papiers que me réclamait sa dernière lettre. Il pouvait être tranquille, rien ne lui manquerait des passeports exigés pour le grand voyage matrimonial.

En somme, la conversation revenait sans cesse vers cette étoile de première grandeur, l'étincelante Myra, comme l'aiguille aimantée vers la Polaire. Marc ne se lassait pas de me parler d'elle, et je ne me lassais pas de l'entendre. Depuis si longtemps qu'il voulait me dire toutes ces choses !… Cependant, c'était à moi d'être raisonnable, ou bien notre causerie eût duré jusqu'au jour.

Nous reprîmes donc le chemin de l'hôtel. En y arrivant, je jetai un dernier coup d'œil en arrière. Le quai était désert. En admettant qu'il eût jamais existé autrement que dans mon imagination, le suiveur avait disparu.

À six heures et demie, Marc et moi nous étions dans nos chambres à l'hôtel Temesvar. Je me mis au lit et commençai incontinent à m'endormir…

Je me redressai tout à coup d'une secousse. Rêve ?… Cauchemar ?… Obsession ?… Les paroles que j'avais cru entendre à bord de la Dorothée, je crus les entendre encore dans mon demi-sommeil, ces paroles qui menaçaient Marc et Myra Roderich !

IV

Le lendemain – grand jour – je rendis officiellement visite à la famille Roderich.

L'habitation du docteur s'élève à l'extrémité du quai Batthyani, à l'angle du boulevard Tékéli, lequel, sous différents noms, fait le tour de la ville. C'est un hôtel moderne, d'une ornementation riche et sévère à l'intérieur, meublé avec un goût qui témoigne d'un sens artiste très affiné.

Par une porte cochère flanquée d'une petite porte de service, on pénètre dans une cour pavée qui se prolonge en un vaste jardin ceinturé d'ormes, d'acacias, de marronniers et de hêtres, dont les cimes dépassent le mur de clôture. En face de ces deux portes sont les communs, tapissés d'aristoloche et de vigne vierge, et réunis au corps de logis principal par un couloir à vitraux de couleur, qui aboutit à la base d'une tour ronde, haute d'une soixantaine de pieds, dans laquelle se déroule l'escalier.

En avant de l'habitation règne une galerie vitrée, sur laquelle s'ouvrent les portes drapées de vieilles tapisseries, qui conduisent au cabinet du docteur Roderich, aux salons et à la salle à manger, ces diverses pièces prenant jour sur le quai Batthyani par les six fenêtres de façade et sur le boulevard Tékéli.

Le premier et le second étage reproduisent la même disposition. Au-dessus du grand salon et de la salle à manger, les chambres de M. et de Mme Roderich ; au second, celle du capitaine Haralan ; au-dessus du cabinet du docteur, la chambre de Mlle Myra et son cabinet de toilette.

Je connaissais cet hôtel avant de l'avoir visité. Au cours de notre entretien de la veille, Marc n'en avait pas oublié un détail. Il me l'avait décrit pièce par pièce, y compris son original escalier surmonté d'un belvédère et d'une terrasse circulaire d'où l'on domine la ville et le cours du Danube. Je savais même de la façon la plus précise quelle était la place préférée de Mlle Myra à table ou dans le grand salon, et sur quel banc elle aimait à s'asseoir au fond du jardin, à l'ombre d'un marronnier superbe.

Vers une heure de l'après-midi, nous fûmes reçus, Marc et moi, dans la vaste galerie vitrée, construite en avant du principal corps de bâtiment. Au milieu, une jardinière en cuivre ouvragé, où s'épanouissaient dans tout leur éclat des fleurs de printemps. Pour garnir les angles, quelques arbrisseaux de la zone tropicale : palmiers, dracenas et araucarias. Aux panneaux, plusieurs toiles des écoles hongroise et hollandaise, dont Marc appréciait la grande valeur.

Sur un chevalet, je vis et j'admirai le portrait de Mlle Myra, œuvre d'une facture superbe, digne du nom qui la signait, et qui m'est le plus cher au monde.

Le docteur Roderich atteignait la cinquantaine, mais c'est à peine si on lui eût donné cet âge. Il avait la taille haute, le corps droit, la chevelure épaisse et grisonnante, le teint de la bonne et inaltérable santé, la constitution vigoureuse sur laquelle aucune maladie n'a prise. On reconnaissait en lui le véritable type magyar dans son originale pureté, l'œil ardent, la démarche résolue, l'attitude noble, et en toute sa personne une sorte de fierté naturelle que tempérait l'expression souriante de son visage. Dès que je lui fus présenté, je sentis à la chaude étreinte de sa main que j'étais en présence du meilleur des hommes.

Mme Roderich, à quarante-cinq ans, avait conservé de notables restes de sa grande beauté d'autrefois, des traits réguliers, des yeux d'un bleu sombre, une magnifique chevelure qui commençait à blanchir, une bouche finement dessinée laissant voir une denture intacte, une taille encore élégante.

Marc m'en avait fait un portrait fidèle. Elle donnait l'impression d'être une excellente femme, douée de toutes les vertus familiales, ayant trouvé le bonheur complet près de son mari, adorant son fils et sa fille de toute la tendresse d'une mère sage et prévoyante.

Mme Roderich me témoigna beaucoup d'amitié, ce dont je fus profondément touché. Elle serait heureuse de l'arrivée du frère de Marc Vidal dans sa maison, à la condition qu'il voulût bien la considérer comme la sienne.

Mais que dire de Myra Roderich ? Elle vint à moi, souriante, la main ou plutôt les bras tendus. Oui, c'était bien une sœur que j'allais avoir en cette jeune fille, une sœur qui m'embrassa et que j'embrassai sans plus de cérémonies. Et j'ai lieu de croire que Marc, en me voyant faire, connut l'aiguillon de l'envie.

« Moi, je n'en suis pas encore là ! soupira-t-il, non sans jalousie.

– Parce que vous n'êtes pas mon frère », expliqua plaisamment ma future belle-sœur.

Mlle Roderich était bien telle que Marc me l'avait dépeinte, telle que la représentait cette toile que je venais d'admirer. Une jeune fille à la tête charmante couronnée d'une fine chevelure blonde, avenante, enjouée, ses beaux yeux d'un bleu noir pétillants d'esprit, le teint chaud de la carnation hongroise, la bouche d'un dessin très pur, des lèvres rosées s'ouvrant sur les dents d'une éclatante blancheur. D'une taille un peu au-dessus de la moyenne, la démarche élégante, elle était la grâce en personne, d'une distinction parfaite, sans afféterie ou pose.

En vérité, si l'on disait des portraits de Marc qu'ils étaient plus ressemblants que leurs modèles, on eût pu dire plus justement encore que Mlle Myra était plus naturelle que nature !

Comme sa mère, Myra Roderich portait le costume magyar : la chemisette fermée au cou, les manches assujetties au poignet par des broderies, le corsage soutaché à boutons de métal, la ceinture nouée d'un nœud de rubans à filets d'or, la jupe aux plis flottants et s'arrêtant à la cheville, les brodequins de cuir mordoré – tout compte fait, un ensemble fort agréable où le goût le plus délicat n'eût rien trouvé à reprendre.

Le capitaine Haralan était là, superbe dans son uniforme, et d'une ressemblance frappante avec sa sœur. Il m'avait tendu la main, il m'avait traité en frère, lui aussi, et nous étions déjà deux amis, bien que notre amitié datât de la veille. Je n'avais donc plus à connaître aucun membre de la famille.

La conversation se poursuivit à l'aventure, passant sans ordre d'un sujet à l'autre. Nous parlâmes de mon voyage, de la navigation à bord de la Dorothée, de mes occupations en France, du temps dont je pouvais disposer, de cette belle ville de Ragz qu'on me ferait visiter en détail, du grand fleuve que je devrais bien descendre au moins jusqu'aux Portes de Fer, ce magnifique Danube dont les eaux semblent imprégnées de rayons d'or, de tout ce pays magyar si plein de souvenirs historiques, de cette fameuse puszta, qui devrait attirer les curieux du monde entier, etc.

« Avec quelle joie nous vous voyons près de nous, monsieur Vidal ! répétait Myra Roderich, en joignant les mains dans un geste gracieux. Votre voyage se prolongeait, et nous n'étions pas sans inquiétude. Nous n'avons été rassurés qu'en recevant votre lettre écrite de Pest.

– Je suis très coupable, mademoiselle Myra, répondis-je, très coupable de m'être attardé en route. Il y a longtemps que je serais à Ragz, si j'avais pris la poste après Vienne. Mais des Hongrois ne m'eussent pas pardonné d'avoir dédaigné le Danube dont ils sont fiers à si juste titre, et qui vaut sa réputation.

– En effet, monsieur Vidal, approuva le docteur, c'est notre glorieux fleuve, et il est bien à nous depuis Presbourg jusqu'à Belgrade.

– Nous vous pardonnons en sa faveur, monsieur Vidal, concéda Mme Roderich, puisque enfin vous êtes là et que rien ne retardera plus maintenant le bonheur de ces deux enfants. »

Tout en parlant, Mme Roderich couvait d'un regard attendri sa fille et Marc déjà unis dans son cœur. M.

Roderich faisait de même. Quant aux « deux enfants », ils se mangeaient réciproquement des yeux, comme on dit familièrement. Et moi, j'étais tout ému de l'innocent bonheur de cette heureuse famille.

Il ne fut pas question de sortir pendant cet après-midi. Si le docteur dut retourner à ses occupations habituelles, Mme Roderich et sa fille n'avaient aucune affaire qui les attirât au-dehors. En leur compagnie, je parcourus l'hôtel et admirai les belles choses qu'il renferme, tableaux et bibelots de choix, dressoirs chargés de vaisselle d'argent de la salle à manger, vieux coffres et vieux bahuts de la galerie.

« Et la tour ? s'écria Myra, M. Vidal s'imagine-t-il que sa première visite s'achèvera sans qu'il soit monté à notre tour ?

– Mais non, mademoiselle Myra, mais non ! répondis-je, il n'y a pas une des lettres de Marc qui ne me parle de cette tour en termes élogieux, et, à vrai dire, je ne suis venu à Ragz que pour y monter.

– Vous le ferez donc sans moi, dit Mme Roderich ; car c'est un peu haut.

– Oh ! mère, cent soixante marches seulement !...

– À ton âge, ça ne fait même pas quatre marches par année, dit le capitaine Haralan. Mais reste, chère mère, nous te retrouverons dans le jardin.

– En route pour le ciel ! » s'écria Myra.

Elle s'élança, et nous avions peine à la suivre dans sa légère envolée. En deux minutes, nous eûmes atteint le belvédère, puis la terrasse, d'où un panorama superbe s'offrit à nos regards.

Vers l'Ouest, toute la ville et ses faubourgs, que domine la colline de Wolkang, couronnée par le vieux château dont le donjon s'abrite sous les plis du pavillon hongrois. Vers le Sud, le cours sinueux du Danube, large de cent soixante-quinze toises, sans cesse sillonné par le va-et-vient des embarcations qui le remontent ou le descendent et, au-delà, les lointaines montagnes de la province serbienne. Au Nord, la puszta, avec ses bois resserrés comme les massifs d'un parc, ses plaines, ses cultures, ses pâturages, précédée de toute une banlieue de maisons de campagne et de fermes reconnaissables à leurs pigeonniers pointus.

J'étais ravi par cette vue admirable, si variée d'aspects, et qui, par ce beau temps, aux rayons d'un clair soleil, s'étendait jusqu'aux dernières limites de l'horizon.

Mlle Myra crut devoir me donner quelques explications :

« Ceci, dit-elle, c'est le quartier aristocratique, avec ses palais, ses hôtels, ses places, ses statues... De ce côté, en descendant, monsieur Vidal, vous apercevez le quartier commerçant, ses rues pleines de monde, ses marchés... Et le Danube, car il faut toujours en revenir à notre Danube, est-il assez animé en ce moment !... Et l'île Svendor, toute verte, avec ses bosquets et ses prairies en fleurs !... Mon frère n'oubliera pas de vous y conduire.

– Sois tranquille, répondit le capitaine Haralan, je ne ferai pas grâce à M. Vidal d'un seul coin de Ragz.

– Et nos églises, reprit Mlle Myra, voyez-vous nos églises, et leurs clochers pleins de sonneries et de carillons ? Vous entendrez cela le dimanche ! Et notre Maison de Ville, avec sa cour d'honneur entre les deux pavillons, sa haute toiture, ses grandes fenêtres et son beffroi dont la grosse voix sonne les heures !

– Dès demain, dis-je, elle aura reçu ma visite.

– Eh bien, monsieur, demanda Mlle Myra en se retournant vers Marc, tandis que je montre la Maison de Ville à votre frère, que regardez-vous donc ?

– La cathédrale, mademoiselle Myra… sa masse imposante, les tours de sa façade, sa flèche centrale qui monte vers le ciel comme pour y conduire la prière et, pardessus tout, son escalier monumental.

– Et pourquoi, dit Myra, tant d'enthousiasme pour cet escalier ?

– Parce qu'il conduit, juste sous la flèche, à un certain endroit du chœur, répondit Marc en regardant sa fiancée dont la jolie figure se colora d'une légère rougeur, où…

– Où ?… interrogea Myra.

– Où j'entendrai de votre bouche le plus grand de tous les mots, bien qu'il n'ait qu'une syllabe, et le plus beau ! »

Après une assez longue station sur la terrasse du belvédère, nous redescendîmes au jardin où nous attendait Mme Roderich.

Ce jour-là, je dînai à la table de famille, et nous passâmes la soirée entre nous. À plusieurs reprises Mlle Myra se mit au clavecin et s'accompagna en chantant d'une voix pénétrante ces originales mélodies hongroises, odes, élégies, épopées, ballades, qu'on ne peut entendre sans émotion. Ce fut un ravissement, qui se serait prolongé jusqu'à une heure avancée de la nuit si le capitaine Haralan n'eût donné le signal du départ.

Lorsque nous fûmes rentrés à l'hôtel Temesvar, dans ma chambre où me suivit Marc :

« Avais-je exagéré, me dit-il, et crois-tu qu'il y ait au monde une autre jeune fille…

– Une autre ! répondis-je. Mais j'en suis à me demander si même il y en a une, et si Mlle Myra Roderich existe réellement !

– Ah ! mon cher Henri, que je l'aime !

– Parbleu ! voilà qui ne m'étonne pas, mon cher Marc ! Je te renierais pour mon frère, s'il en était autrement ! »

Là-dessus, nous gagnâmes nos lits, sans qu'aucun nuage eût assombri cette heureuse et paisible journée.

V

Je commençai, dès le lendemain, à visiter Ragz en compagnie du capitaine Haralan. Pendant ce temps, Marc s'occupait de diverses démarches relatives à son mariage dont la date venait d'être fixée au 1er juin, soit dans une vingtaine de jours. Le capitaine Haralan tenait à me faire les honneurs de sa ville natale, à me la montrer dans tous ses détails. Je n'aurais pu trouver un guide plus consciencieux, plus érudit et d'une plus complète obligeance.

Bien que le souvenir m'en revînt parfois avec une obstination qui ne laissait pas de m'étonner, je ne lui parlai point de ce Wilhelm Storitz dont j'avais dit un mot à mon frère. De son côté, il resta muet à cet égard. Il était donc probable qu'il n'en serait plus jamais question.

Ainsi que la plupart des villes de la Hongrie, Ragz a successivement porté plusieurs noms. Ces cités peuvent exhiber un acte de baptême en quatre ou cinq langues, latine, allemande, slave, magyare, presque aussi compliqué que ceux de leurs princes, grands-ducs et archiducs.

« Notre cité n'a pas l'importance de Budapest, me dit le capitaine Haralan. Toutefois sa population dépasse quarante mille âmes et, grâce à son industrie, à son commerce, elle tient un bon rang dans le royaume de Hongrie.

– C'est une ville bien magyare, fis-je observer.

– Assurément, autant par ses mœurs et ses coutumes que par le costume de ses habitants. Si l'on peut dire avec quelque vérité qu'en Hongrie ce sont les Magyars qui ont fondé l'État, et les Allemands qui ont fondé les villes, cette affirmation n'est rien moins qu'exacte en ce qui concerne Ragz. Sans doute, vous rencontrerez dans la classe marchande des individus de race germanique, mais ils y sont en infime minorité.

– Je le savais, comme je savais aussi que les Ragziens sont très fiers de leur cité pure de tout mélange.

– D'ailleurs, les Magyars – ne pas les confondre avec les Huns, ainsi qu'on l'a fait parfois –, ajouta le capitaine Haralan, forment la plus forte cohésion politique, et, à ce point de vue, la Hongrie est supérieure à l'Autriche.

– Et les Slaves ? demandai-je.

– Les Slaves, moins nombreux que les Magyars, mon cher Vidal, le sont encore plus que les Allemands.

– Enfin, ceux-ci, dans le royaume hongrois, comment sont-ils considérés ?

– Assez mal, je l'avoue, surtout de la population magyare, car il est manifeste que les gens d'origine teutonne vivent parmi nous comme exilés de leur véritable patrie. »

Le capitaine Haralan me parut ne pas éprouver une plus grande affection pour les Autrichiens. Quant aux Allemands, c'est de longue date qu'il y a antipathie de race entre eux et les Magyars. Cette antipathie se traduit sous mille formes, et il n'est pas jusqu'aux dictons qui ne l'expriment d'une façon parfois fort brutale :

« Eb a német Kutya nélkitl », dit l'un de ces dictons.

Ce qui signifie en bon français :

« Partout où il y a un Allemand, il y a un chien. »

La part faite de l'exagération que contiennent certains proverbes, celui-ci témoigne tout au moins du peu d'entente entre les deux races.

La ville de Ragz est assez régulièrement construite, sauf en sa partie basse, au bord du fleuve. Les hauts quartiers affectent même une rectitude presque géométrale.

Par le quai et la rue Étienne-1er, le capitaine Haralan me conduisit au marché Coloman, à l'heure où il est le plus fréquenté.

En ce marché Coloman, où abondaient les diverses productions du pays, j'observai à loisir le paysan dans son costume traditionnel. Il a gardé le caractère très pur de sa race, la tête forte, le nez légèrement camard, les yeux ronds, la moustache tombante. Il est généralement coiffé d'un chapeau à larges bords d'où s'échappent deux nattes de cheveux. Sa veste et son gilet à boutons d'os sont en peau de mouton ; sa culotte est faite de cette grosse toile qui rivaliserait avec le velours à côte de nos campagnes du Nord, et une ceinture de couleur variée la maintient solidement à la taille ; ses pieds sont chaussés de lourdes bottes qui, au besoin, portent l'éperon.

Il me parut que les femmes, d'un joli type, vêtues d'une jupe courte aux couleurs éclatantes, le corsage agrémenté de broderies, le chapeau orné d'une aigrette de plumes et à bords relevés sur une opulente chevelure, étaient de plus vive allure que les hommes.

Là passaient également de nombreux Tziganes. C'étaient de pauvres hères, très misérables, très dignes de pitié, hommes, femmes, vieillards, enfants, conservant encore quelque originalité sous leurs lamentables guenilles, qui montrent plus de trous que d'étoffe.

En quittant le marché, le capitaine Haralan me fit traverser un dédale de rues étroites, bordées de boutiques aux enseignes pendantes. Puis le quartier s'élargit pour aboutir à la place Kurtz, l'une des plus grandes de la ville.

Au milieu de cette place s'élève une jolie fontaine, bronze et marbre, dont la vasque est alimentée par de fantaisistes gargouilles. Au-dessus se détache la statue de Mathias Corvin, héros du XXe siècle, roi à quinze ans, qui sut résister aux attaques des Autrichiens, des Bohémiens, des Polonais et sauva la chrétienté européenne de la barbarie ottomane.

Place vraiment belle. D'un côté, s'élève le palais du gouverneur, avec ses hauts combles à girouettes, qui a conservé le caractère des anciennes constructions de la Renaissance. Au bâtiment principal accède un escalier à rampe de fer, et une galerie, décorée de statues de marbre, dessert son premier étage. La façade est percée de fenêtres à croisillons de pierre, fermées de vieux vitraux. Au centre, se dresse une sorte de donjon, coiffé d'un dôme à lucarnes, abrité sous les plis du pavillon national. En retour, deux bâtiments forment avant-corps, réunis par une grille dont la porte s'ouvre sur une vaste cour ornée aux angles de verdoyants massifs.

Nous avions fait halte sur la place Kurtz.

« Voici le palais, me dit le capitaine Haralan. C'est là que, dans une vingtaine de jours, Marc et Myra viendront comparaître devant le gouverneur et solliciter son agrément avant de se rendre à la cathédrale.

– Solliciter son agrément ?... répétai-je, surpris.

– Oui. C'est un usage local fort ancien. Aucun mariage ne peut être célébré qu'on n'en ait obtenu la permission de la plus haute autorité de la ville. À elle seule, cette autorisation est, d'ailleurs, un lien très fort entre ceux à qui elle est donnée. Ils ne sont pas tout à fait des époux, mais ils ne sont plus des fiancés, et, dans le cas où un obstacle inattendu s'opposerait à leur mariage, il leur serait impossible de prendre d'autres engagements. »

Tout en m'expliquant de la sorte cette singulière coutume, le capitaine Haralan m'entraînait par la rue Ladislas. Cette rue se termine à la cathédrale de Saint-Michel, un monument du XIIIe siècle où se mélangent le roman et le gothique, et dont le style manque de pureté. Cependant, cette cathédrale a de belles parties qui méritent l'attention des connaisseurs, sa façade flanquée de deux tours, sa flèche, posée au transept, haute de trois cent quinze pieds, son portail central aux voussures très fouillées, sa grande rosace que traversent les rayons du soleil couchant, et dont s'éclaire largement alors la grande nef, enfin son abside arrondie entre ses multiples arcs-boutants.

« Nous aurons le temps d'en visiter plus tard l'intérieur, me fit observer le capitaine Haralan.

– Ce sera comme vous voudrez, répondis-je. Vous me guidez, mon cher capitaine, et je vous suis...

– Eh bien, remontons jusqu'au château ; puis nous contournerons la ville par les boulevards, et nous arriverons chez ma mère, juste pour l'heure du déjeuner. »

Ragz possède quelques temples des rites luthérien et grec, sans aucune valeur architecturale, et plusieurs autres églises, car les catholiques y sont en grande majorité. La Hongrie appartient surtout à la religion apostolique et romaine, bien que Budapest, sa capitale, soit, après Cracovie, la cité qui renferme le plus grand nombre de juifs. Là, comme bien souvent ailleurs, la fortune des magnats est passée presque tout entière entre leurs mains.

En nous dirigeant vers le château, nous dûmes traverser un faubourg assez animé, où se pressaient vendeurs et acheteurs. Et, précisément à l'instant où nous arrivions sur une petite place, il s'y faisait un tapage plus tumultueux que ne le comporte le brouhaha des achats et des ventes.

Quelques femmes, ayant abandonné leurs étalages, entouraient un homme, un paysan qui venait de choir sur le sol et se relevait avec peine. Cet homme semblait fort en colère :

« Je vous dis qu'on m'a frappé... qu'on m'a poussé, et que j'en suis tombé du coup !

– Qui donc t'aurait frappé ? répliqua une de ces femmes... Tu étais seul à ce moment-là... Je te voyais bien de mon échoppe... Il n'y avait personne en cet endroit...

– Si, affirmait l'homme, une poussée, là, en pleine poitrine... je l'ai bien sentie, que diable ! »

Le capitaine Haralan, qui interrogea ce paysan, en obtint l'explication suivante : il marchait paisiblement, lorsqu'il avait ressenti soudain une violente secousse, comme si un homme vigoureux l'eût heurté par-devant, secousse si violente qu'il en avait été renversé. Quant à dire quel était son agresseur, cela lui était impossible, car, en se relevant, il n'avait aperçu personne à proximité.

Quelle part de vérité contenait ce récit ? Le paysan avait-il réellement reçu un choc aussi brutal qu'imprévu ? Mais une poussée ne se produit pas sans qu'il y ait un pousseur, ne fût-ce que le vent. Or, l'air était parfaitement calme. Une seule chose était donc certaine, c'est qu'il y avait eu chute, et une chute en somme assez inexplicable.

De là cet attroupement. Décidément, il fallait, ou que l'homme eût été en proie à une hallucination, ou qu'il fût pris de boisson. Un ivrogne tombe de lui-même, rien qu'en vertu de la loi de la chute des corps. Ce fut, sans doute, l'opinion générale, bien que le paysan se défendît d'avoir bu, et, malgré ses protestations, la maréchaussée l'invita un peu rudement à circuler. L'incident clos, nous suivîmes une des voies montantes qui se dirigent vers l'est de la ville. Il y a là un lacis de rues et de ruelles, un vrai labyrinthe dont un étranger ne pourrait sortir.

Enfin nous arrivâmes devant le château, solidement campé sur une des croupes de la colline de Wolkang.

C'était bien la forteresse des villes hongroises, l'acropole, le « Var », pour employer le mot magyar, la citadelle du temps féodal, aussi menaçante pour les ennemis du dehors, Huns ou Turcs, que pour les vassaux du seigneur. Hautes murailles crénelées, bordées de mâchicoulis, percées de meurtrières, flanquées de grosses tours, dont la plus élevée, le donjon, dominait toute la contrée environnante.

Le pont-levis, jeté au-dessus de la douve hérissée de mille arbustes sauvages, nous conduisit à la poterne entre deux gros mortiers hors d'usage. Au-dessus s'allongeaient des gueules de canons.

Le grade du capitaine Haralan lui ouvrait naturellement la porte de cette vieille bastide dont la valeur militaire n'est plus très grande. Les quelques soldats qui la gardaient lui firent l'accueil militaire auquel il avait droit, et, une fois sur la place d'armes, il me proposa de monter au donjon qui en occupe un des angles.

Il ne fallut pas gravir moins de deux cent quarante marches de l'escalier tournant qui accède à la plate-forme supérieure. En circulant le long du parapet, mes regards embrassèrent un horizon plus étendu que celui de la tour à l'hôtel Roderich. Je n'estimai pas à moins de sept lieues la partie visible du Danube, dont le cours obliquait alors vers l'Est dans la direction de Neusatz.

« Maintenant, mon cher Vidal, me dit le capitaine Haralan, que vous connaissez notre ville en partie, voici qu'elle se déroule tout entière à nos pieds.

– Et ce que j'en ai vu, répondis-je, m'a paru très intéressant, même après Budapest, après Presbourg.

– Je suis heureux de vous l'entendre dire, et, quand vous aurez achevé de visiter Ragz, que vous serez familiarisé avec ses mœurs, ses coutumes, ses originalités, je ne doute pas que vous n'en conserviez un excellent souvenir. C'est que nous aimons nos cités, nous autres Magyars, et d'un amour filial ! Ici, d'ailleurs, les rapports sont d'une parfaite entente entre les diverses classes. La classe aisée est très secourable aux malheureux, dont le chiffre décroît chaque année, grâce aux institutions de charité. À vrai dire, vous ne rencontrerez ici que peu de misérables, et en tout cas la misère y est aussitôt secourue que signalée.

– Je le sais, mon cher capitaine, comme je sais que le docteur Roderich ne s'épargne point pour venir en aide aux pauvres gens ; comme je sais aussi que Mme Roderich, Mlle Myra sont à la tête des œuvres de bienfaisance.

– Ma mère et ma sœur ne font que ce que doivent faire les personnes de leur condition et de leur situation. À mes yeux, la charité est le plus impérieux des devoirs.

– Sans doute, ajoutai-je, mais il y a tant de manières de le remplir !

– C'est la le secret des femmes, mon cher Vidal, et une de leurs fonctions ici-bas.

– Oui, la plus noble, assurément.

– Enfin, reprit le capitaine Haralan, nous habitons une ville paisible, que les passions politiques ne troublent plus ou ne troublent guère, très jalouse cependant de ses droits et de ses privilèges qu'elle défendrait contre tout empiétement du pouvoir central. Je ne connais à nos concitoyens qu'un défaut…

– C'est ?…

– C'est d'être quelque peu enclins à la superstition et de croire trop volontiers au surnaturel. Les légendes avec revenants et fantômes, évocations et diableries ont le don de leur plaire plus qu'il ne convient.

– Ainsi, dis-je, non point le docteur Roderich – un médecin doit, par définition, avoir la tête solide – mais votre mère… votre sœur…

– Oui, et tout le monde avec elles. Contre cette faiblesse, car c'en est une, je ne réussis point à réagir… Marc m'y aidera peut-être.

– À moins, dis-je, que Mlle Myra ne le pervertisse !

– Maintenant, mon cher Vidal, penchez-vous au dessus du parapet… Dirigez vos regards vers le Sud-Est… là… à l'extrémité de la ville, apercevez-vous la terrasse d'un belvédère ?

– Oui, répondis-je, et il me semble bien que ce doit être la tour de l'hôtel Roderich.

– Vous ne vous trompez pas. Or, dans cet hôtel, il y a une salle à manger, et, dans cette salle, un déjeuner va être servi tout à l'heure. Or, comme vous êtes un des convives…

– À vos ordres, mon cher capitaine.

– Eh bien, descendons, laissons le Var à sa solitude féodale que nous avons interrompue un instant, et revenons en suivant la ligne des boulevards, ce qui vous fera traverser le Nord de la ville. »

Quelques minutes après, nous avions franchi la poterne.

Au-delà d'un beau quartier qui s'étend jusqu'à l'enceinte de Ragz, les boulevards, dont le nom change à chacune des grandes rues qui les recoupent, décrivent, sur une longueur de plus d'une lieue, les trois quarts d'un cercle fermé par le Danube. Ils sont plantés d'un quadruple rang d'arbres dans la force de l'âge, hêtres, marronniers et tilleuls. D'un côté se continue l'épaulement des courtines au-dessus duquel on aperçoit la campagne ; de l'autre, se succèdent les habitations luxueuses, pour la plupart précédées d'une cour, où s'épanouissent des corbeilles de fleurs, et dont la façade postérieure donne sur de frais jardins, arrosés d'eaux vives.

À cette heure, sur la chaussée des boulevards, passaient déjà quelques équipages bien attelés et, dans la contre-allée, des groupes de cavaliers et d'amazones en tenue élégante.

Au dernier tournant, nous prîmes à gauche afin de redescendre le boulevard Tékéli, dans la direction du quai Batthyani.

Quelques pas plus loin, j'aperçus une maison isolée au centre d'un jardin. D'un aspect triste, comme si elle eût été délaissée, ses fenêtres fermées de persiennes qui ne devaient presque jamais s'ouvrir, son soubassement envahi par la lèpre des mousses et le fouillis des ronces, elle contrastait étrangement avec les autres hôtels du boulevard.

Par la grille, au pied de laquelle poussaient des chardons, on pénétrait dans une petite cour, plantée de deux ormes que la vieillesse avait déjetés, et dont le tronc, fendu de longues entailles, laissait voir la pourriture intérieure.

Sur la façade, s'ouvrait une porte déteinte par les intempéries, les bises et les neiges de l'hiver, à laquelle on montait par un perron de trois marches délabrées.

Au-dessus du rez-de-chaussée se développait un premier étage, avec toit en grosses pannes et belvédère carré, dont les étroites fenêtres étaient drapées d'épais rideaux.

Il ne semblait pas que cette maison fût habitée, en admettant qu'elle fût habitable.

« À qui appartient cette maison ? demandai-je.

– À un original, me répondit le capitaine Haralan.

– Elle dépare le boulevard, dis-je. La ville devrait l'acheter et la démolir.

– D'autant plus, mon cher Vidal, que, la maison démolie, son propriétaire quitterait sans doute la ville et s'en irait au diable – son plus proche parent, à en croire les commères de Ragz !

– Bah !… Quel est donc ce remarquable personnage ?

– Un Allemand.

– Un Allemand ?

– Oui, un Prussien.

– Il se nomme ?… »

Au moment où le capitaine Haralan allait répondre à ma question, la porte de la maison s'ouvrit. Deux hommes sortirent. Le plus âgé, qui paraissait avoir une soixantaine d'années, resta sur le perron, tandis que l'autre traversait la cour et franchissait la grille.

« Tiens ! murmura le capitaine Haralan, il est donc ici ?… Je le croyais absent… »

L'individu, en se retournant, nous aperçut. Connaissait-il le capitaine Haralan ? Je n'en doutai pas, car tous deux échangèrent un regard d'antipathie, auquel je ne pus me tromper.

Mais, de mon côté, je l'avais reconnu, et, lorsqu'il se fut éloigné de quelques pas :

« C'est bien lui ! m'écriai-je.

– Vous avez déjà rencontré cet homme ? interrogea le capitaine Haralan, non sans manifester quelque surprise.

– Sans doute, répondis-je, j'ai voyagé avec lui de Budapest à Vukovar sur la Dorothée. Je ne m'attendais guère, je l'avoue, à le retrouver à Ragz.

– Et mieux vaudrait qu'il n'y fût pas ! s'écria le capitaine Haralan.

– Vous ne paraissez pas, dis-je, avoir des rapports agréables avec cet Allemand.

– Qui pourrait en avoir ?… D'ailleurs, moi, j'ai des raisons spéciales d'être en mauvais termes avec lui. Autant vous dire qu'il a eu l'impudence de demander la main de ma sœur. Mais mon père et moi nous avons refusé de façon à lui ôter toute envie de renouveler sa demande…

– Quoi ! c'est cet homme !…

– Vous saviez donc ?…

– Oui… mon cher capitaine, et je n'ignore pas que je viens de voir Wilhelm Storitz, le fils d'Otto Storitz, l'illustre chimiste de Spremberg. »

Deux jours se passèrent, pendant lesquels je consacrai toutes mes heures libres à courir la ville. Je faisais aussi de longues stations sur le pont qui unit les deux rives du Danube à l'île Svendor, et ne me lassais pas d'admirer ce magnifique fleuve.

Je l'avouerai, le nom de Wilhelm Storitz me revenait malgré moi fréquemment à l'esprit. C'était donc à Ragz qu'il demeurait d'habitude, et, ainsi que je l'appris bientôt, avec un seul serviteur connu sous le nom d'Hermann, ni plus sympathique, ni plus abordable, ni plus communicatif que son maître. Il me sembla même que cet Hermann rappelait par sa tournure et sa démarche l'homme qui, le jour de mon arrivée, avait paru nous suivre, mon frère et moi, tandis que nous longions le quai Batthyani.

J'avais cru devoir ne rien dire à Marc de la rencontre que le capitaine Haralan et moi nous avions faite sur le boulevard Tékéli. Peut-être cela l'eût-il inquiété de savoir que Wilhelm Storitz était revenu à Ragz. Pourquoi obscurcir son bonheur d'une ombre d'inquiétude ? Mais je regrettais que ce rival éconduit ne fût pas absent de la ville, tout au moins jusqu'au jour où le mariage de Marc et de Myra serait un fait accompli.

Le 16, dans la matinée, j'allais descendre pour ma promenade habituelle, que je comptais, ce jour-là, prolonger à travers la campagne, aux environs de Ragz, lorsque mon frère entra dans ma chambre.

« J'ai fort à faire, mon ami, me dit-il, et tu ne m'en voudras pas si je te laisse seul.

– Va, mon cher Marc, lui répondis-je, et ne t'occupe pas de moi.

– Haralan ne doit-il pas venir te prendre ?

– Non, il n'est pas libre. Mais peu importe, j'irai déjeuner seul dans quelque cabaret, sur l'autre rive du Danube.

– Surtout, mon cher Henri, sois revenu à sept heures !

– La table du docteur est trop bonne pour que je puisse l'oublier.

– Gourmand !… J'espère que tu n'oublies pas davantage la soirée qui sera donnée après-demain à l'hôtel. Tu pourras en profiter pour étudier la haute société de Ragz.

– Une soirée de fiançailles, Marc ?

– Si tu veux, mais plutôt de contrat. Il y a longtemps que ma chère Myra et moi nous sommes fiancés… Il me semble même que nous l'avons toujours été.

– Oui, de naissance.

– Peut-être bien !

– Adieu donc, ô le plus heureux des hommes !

– Tu es trop pressé. Tu me diras cela quand ma fiancée sera ma femme. ! »

Marc se retira après m'avoir serré la main, et j'étais sur le point de partir, lorsque le capitaine Haralan parut. J'en fus assez étonné, puisqu'il était convenu que je ne devais pas le voir ce jour-là.

« Vous ? m'écriai-je. Eh bien, mon cher capitaine, voilà une agréable surprise ! »

Me trompais-je, mais il me sembla que le capitaine Haralan était soucieux. Il se contenta de me répondre :

« Mon cher Vidal, mon père désire vous parler. Il vous attend à l'hôtel.

– Je suis à vous », répondis-je, fort surpris, inquiet même sans trop savoir pourquoi.

Tandis que nous suivions côte à côte le quai Batthyani, le capitaine Haralan ne prononça pas une parole. Que se passait-il donc, et quelle communication le docteur Roderich pouvait-il avoir à me faire ? S'agissait-il du mariage de Marc ?

Dès que nous fûmes arrivés, le domestique nous introduisit dans le cabinet du docteur.

Mme et Mlle Roderich avaient déjà quitté l'hôtel, et, probablement, Marc devait les rejoindre au cours de leur promenade matinale.

Le docteur était seul dans son cabinet, assis devant sa table. Lorsqu'il se retourna, il me parut aussi soucieux que son fils.

« Il y a quelque chose, pensais-je, et assurément Marc n'en savait rien quand je l'ai vu ce matin. »

Je pris place dans un fauteuil en face du docteur, tandis que le capitaine Haralan restait debout, accoudé à la cheminée, puis j'attendis, non sans anxiété, que le docteur m'adressât la parole.

« Tout d'abord, monsieur Vidal, me dit-il, je vous remercie d'être venu à l'hôtel.

– Je suis tout à vos ordres, monsieur Roderich, répondis-je.

– J'ai désiré causer avec vous en présence d'Haralan.

– S'agit-il du mariage de Marc et de Mlle Myra ?

– En effet.

– Ce que vous avez à me dire est donc bien grave ?

– Oui et non, répondit le docteur. Quoi qu'il en soit, ni ma femme, ni ma fille, ni votre frère ne sont au courant. J'ai préféré leur laisser ignorer ce que je vais vous apprendre. Vous pourrez, d'ailleurs, juger si j'ai eu tort ou raison. »

Instinctivement, il se fit un rapprochement dans mon esprit entre cette communication et la rencontre que le capitaine Haralan et moi nous avions faite devant la maison du boulevard Tékéli.

« Hier, dans l'après-midi, reprit le docteur, alors que Mme Roderich et Myra étaient sorties, à l'heure de ma consultation, le domestique m'a annoncé un visiteur que j'eusse souhaité ne pas recevoir. Ce visiteur était Wilhelm Storitz... Mais peut-être ignorez-vous que cet Allemand ?...

– Je suis au courant, répondis-je.

– Vous savez donc qu'il y a près de six mois, bien avant que la demande de votre frère eût été faite et accueillie, Wilhelm Storitz a sollicité la main de ma fille. Après avoir consulté ma femme et mon fils, qui partagèrent mon éloignement pour un tel mariage, je répondis à Wilhelm Storitz qu'il ne pouvait être donné suite à sa proposition. Au lieu de s'incliner devant ce refus, il renouvela sa demande en termes formels, et je lui répétai non moins formellement ma réponse de manière à ne lui laisser aucun espoir. »

Tandis que parlait le docteur Roderich, le capitaine Haralan allait et venait à travers la pièce et s'arrêtait parfois à l'une des fenêtres pour regarder dans la direction du boulevard Tékéli.

« Monsieur Roderich, dis-je, j'avais eu connaissance de cette demande et je savais qu'elle s'est produite antérieurement à la demande de mon frère.

– À peu près trois mois avant, monsieur Vidal.

– Ainsi, repris-je, ce n'est pas parce que Marc était déjà agréé que Wilhelm Storitz s'est vu refuser la main de Mlle Myra, mais uniquement parce que ce mariage n'entrait pas dans vos vues.

– Assurément. Jamais nous n'aurions consenti à cette union qui ne pouvait nous convenir sous aucun rapport, et à laquelle Myra eût opposé un refus catégorique.

– Est-ce la personne ou la situation de Wilhelm Storitz qui vous a dicté cette résolution ?

– Sa situation est probablement assez belle, répondit le docteur Roderich. On croit volontiers que son père lui a légué une fortune considérable, due à de fructueuses découvertes. Quant à sa personne…

– Je le connais, monsieur Roderich.

– Vous le connaissez ? »

Je racontai dans quelles conditions j'avais rencontré Wilhelm Storitz sur la Dorothée, sans me douter alors de qui il s'agissait. Pendant plus de quatre jours, cet Allemand avait été mon compagnon de voyage entre Budapest et Vukovar, où je pensais qu'il avait débarqué, puisqu'il ne se trouvait plus à bord lors de mon arrivée à Ragz.

« Et enfin, ces jours-ci, ajoutai-je, pendant une de nos promenades, le capitaine Haralan et moi nous sommes passés devant sa maison, et j'ai reconnu ce Wilhelm Storitz au moment où il sortait.

– On disait pourtant qu'il avait quitté la ville depuis quelques semaines, dit le docteur Roderich.

– On le croyait, et il s'est évidemment absenté, puisque Vidal l'a vu à Budapest, intervint le capitaine Haralan, mais ce qui est certain, c'est qu'il est revenu. »

La voix du capitaine Haralan dénotait une grande irritation.

Le docteur reprit en ces termes :

« Je vous ai répondu, monsieur Vidal, sur la situation de Wilhelm Storitz. Quant à son existence, qui se flatterait de la connaître ? Elle est absolument énigmatique. Il semble que cet homme vive en dehors de l'humanité.

– N'y a-t-il pas là quelque exagération ? fis-je observer au docteur.

– Quelque exagération sans doute, me répondit-il. Cependant, il appartient à une famille assez suspecte, et, avant lui, son père, Otto Storitz, prêtait aux plus singulières légendes.

– Qui lui ont survécu, docteur, si j'en juge par ce que j'ai lu dans une gazette à Budapest. C'est à propos de l'anniversaire qui est célébré tous les ans à Spremberg, dans le cimetière de la ville. À en croire cette gazette, le temps n'a point affaibli les superstitieuses légendes auxquelles vous faites allusion. Le savant mort a hérité du savant vivant. C'était un sorcier, dit-on, qui possédait des secrets de l'autre monde et disposait d'un pouvoir surnaturel. Chaque année on s'attend, paraît-il, à voir quelque phénomène extraordinaire se produire autour de sa tombe.

– Donc, monsieur Vidal, conclut le docteur Roderich, vous ne vous étonnerez pas, d'après ce qu'on raconte à Spremberg, si, à Ragz, ce Wilhelm Storitz est regardé comme un personnage étrange… Tel est l'homme qui a demandé la main de ma fille, et qui, hier, a eu l'audace de renouveler sa demande.

– Hier ? m'écriai-je.

– Hier même pendant sa visite.

– Et, ne fût-il pas ce qu'il est, dit le capitaine Haralan, il resterait encore que c'est un Prussien, et cela eût suffi à nous faire repousser une pareille alliance. »

Toute l'antipathie que, par tradition et par instinct, la race magyare éprouve pour la race germanique éclatait dans ces paroles.

« Voici comment les choses se sont passées, reprit le docteur Roderich, il est bon que vous le sachiez. Lorsque Wilhelm Storitz me fut annoncé, j'hésitai… Fallait-il l'introduire près de moi ou lui faire répondre que je ne pouvais le recevoir ?

– Peut-être cela eût-il été préférable, mon père, dit le capitaine Haralan, car, après l'insuccès de sa première démarche, cet homme aurait dû comprendre qu'il lui était interdit de remettre les pieds ici sous quelque prétexte que ce soit.

– Oui, peut-être, dit le docteur, mais j'ai craint de le pousser à bout et qu'il s'ensuivît quelque scandale…

– Auquel j'eusse mis promptement terme, mon père !

– Et c'est précisément parce que je te connais, dit le docteur, en prenant la main du capitaine Haralan, c'est pour cela que j'ai préféré agir avec prudence… À ce propos, quoi qu'il puisse arriver, je fais appel à ton affection pour ta mère, pour moi, pour ta sœur, dont la situation serait très pénible, si son nom était prononcé, si ce Wilhelm Storitz faisait un éclat… »

Bien que je ne connusse le capitaine Haralan que depuis peu de temps, je le jugeais de caractère très vif, et soucieux jusqu'à l'extrême de ce qui touchait à sa famille. Aussi considérais-je comme déplorable que le rival de Marc fût revenu à Ragz et surtout qu'il eût renouvelé sa demande.

Le docteur acheva de nous raconter en détail cette visite. C'était dans le cabinet même où nous étions en ce moment. Wilhelm Storitz avait tout d'abord pris la parole sur un ton qui témoignait d'une ténacité peu ordinaire. M. Roderich ne pouvait, d'après lui, s'étonner qu'il eût voulu le revoir, et qu'il eût désiré faire une seconde tentative dès son retour à Ragz, retour qu'il faisait remonter à quarante-huit heures. Le docteur s'était en vain montré très formel dans son refus, Wilhelm Storitz n'avait pas voulu se reconnaître battu, et, en arrivant peu à peu au ton de la colère, il avait finalement déclaré que les fiançailles de mon frère et de Mlle Myra ne sauraient le faire renoncer à ses prétentions, qu'il aimait la jeune fille et que, si elle n'était pas à lui, elle ne serait jamais, du moins, à un autre.

« L'insolent… le misérable ! répétait le capitaine Haralan. Il a osé parler de la sorte, et je n'étais pas là pour le jeter dehors ! »

« Décidément, pensai-je, si ces deux hommes se trouvent en face l'un de l'autre, il sera difficile d'empêcher l'éclat que redoute tant le docteur. »

« Ces derniers mots prononcés, poursuivit celui-ci, je me levai et signifiai que je ne voulais pas en écouter davantage. Le mariage de Myra était décidé et serait célébré dans quelques jours. "Ni dans quelques jours, ni plus tard, répondit Wilhelm Storitz. – Monsieur, dis-je, en lui montrant la porte, veuillez sortir !" Tout autre que lui eût compris que sa visite ne pouvait se prolonger. Eh bien, il resta, son ton baissa, il essaya d'obtenir par la douceur ce qu'il n'avait pas obtenu par la violence, tout au moins la promesse qu'il fût sursis au mariage. Alors, j'allai vers la cheminée pour sonner le domestique. Il me saisit le bras, la colère le reprit, sa voix retentit au point qu'on devait l'entendre du dehors. Heureusement, ma femme et ma fille n'étaient pas encore rentrées à l'hôtel. Wilhelm Storitz consentit enfin à se retirer, mais non sans proférer des menaces insensées. Myra n'épouserait pas Marc. Il surgirait de tels obstacles que le mariage serait impossible. Les Storitz disposaient de moyens qui pouvaient défier toute puissance humaine, et il n'hésiterait pas à s'en servir contre l'imprudente famille qui le repoussait… Il ouvrit alors la porte du cabinet et sortit furieusement, au milieu de quelques personnes qui attendaient dans la galerie me laissant très effrayé de ses énigmatiques paroles. »

Ainsi que le docteur nous le répéta, pas un mot de toute cette scène n'avait été rapporté ni à Mme Roderich, ni à sa fille, ni à mon frère. Mieux valait leur épargner cette inquiétude. D'ailleurs, je connaissais assez Marc pour craindre qu'il ne voulût donner une suite à cette affaire, tout comme le capitaine Haralan. Ce dernier se rendit cependant aux raisons de son père.

« Soit, dit-il, je n'irai pas châtier cet insolent. Mais, si c'est lui qui vient à moi ?… Si c'est lui qui s'en prend à Marc ?… Si c'est lui qui nous provoque ?… »

Le docteur Roderich ne sut que répondre. Notre conversation prit fin. Dans tous les cas, il fallait attendre. L'incident n'aurait aucune suite, en effet, et demeurerait ignoré de tous, si Wilhelm Storitz ne passait pas des paroles aux actes. Or, que pouvait-il ? Quel moyen avait-il d'empêcher le mariage ? Serait-ce en obligeant Marc, par une insulte publique, à se rencontrer avec lui ?… Ne serait-ce pas plutôt en exerçant quelque violence contre Myra Roderich ?… Mais comment parviendrait-il à pénétrer dans l'hôtel où il ne serait plus reçu ?… Il n'était pas en son pouvoir, j'imagine, d'enfoncer les portes ! D'ailleurs, le docteur Roderich n'hésiterait pas, s'il le fallait, à prévenir l'autorité, qui saurait bien mettre cet Allemand à la raison.

Avant de nous séparer, le docteur adjura une dernière fois son fils de ne point prendre à partie cet insolent personnage, et, je le répète, ce ne fut pas sans peine que se rendit le capitaine Haralan.

Notre entretien s'était assez prolongé pour que Mme Roderich, sa fille et mon frère fussent rentrés à l'hôtel. Je dus rester à déjeuner, en sorte qu'il fallut remettre à l'après-midi mon excursion aux environs de Ragz.

Il va sans dire que j'imaginai une raison plausible pour expliquer ma présence, ce matin-là, dans le cabinet du docteur. Marc n'eut aucun soupçon, et le déjeuner se passa très agréablement.

Lorsqu'on se leva de table, Mlle Myra me dit :

« Monsieur Henri, puisque nous avons eu le plaisir de vous trouver ici, vous ne nous quitterez plus de toute la journée.

– Et ma promenade ? objectai-je.

– Nous la ferons ensemble.

– C'est que je comptais aller un peu loin…

– Nous irons un peu loin.

– À pied.

– À pied… Mais est-il nécessaire d'aller si loin ? Je suis sûre que vous n'avez pas encore admiré dans toute sa beauté l'île Svendor.

– Je devais le faire demain.

– Eh bien, ce sera pour aujourd'hui. »

C'est donc en compagnie de ces dames et de Marc, que je visitai l'île Svendor transformée en jardin public, une sorte de parc, avec bosquets, chalets, et distractions de toutes sortes. Cependant, mon esprit n'était pas tout à cette promenade. Marc s'en aperçut, et je dus lui faire quelque réponse évasive. Était-ce donc la crainte de rencontrer Wilhelm Storitz sur notre route ?... Non, je songeais plutôt à ce qu'il avait dit au docteur Roderich :

« Il surgirait de tels obstacles que le mariage serait rendu impossible... Les Storitz disposaient de moyens qui pouvaient défier toute puissance humaine ! »

Que signifiaient ces paroles ?... Fallait-il les prendre au sérieux ?... Je me promis de m'en expliquer avec le docteur, lorsque nous serions seuls. Cette journée et celle du lendemain s'écoulèrent. Je commençais à me rassurer. On n'avait point revu Wilhelm Storitz. Toutefois, il n'avait point quitté la ville. La maison du boulevard Tékéli était toujours habitée. En passant, je vis son domestique Hermann en sortir. Une fois même, Wilhelm Storitz apparut à l'une des fenêtres du belvédère, le regard tourné vers l'extrémité du boulevard, dans la direction de l'hôtel Roderich.

Les choses en étaient là, lorsque, dans la nuit du 17 au 18 mai, il arriva ceci :

Bien que la porte de la cathédrale fût verrouillée, et que personne ne put y entrer nuitamment sans être vu, l'affiche de mariage au nom de Marc Vidal et de Myra Roderich fut arrachée du cadre des publications. Au matin, on en retrouva les morceaux déchirés et froissés. Le dommage fut aussitôt réparé. Mais une heure plus tard, en plein jour cette fois, la nouvelle affiche eut le sort de la précédente, et trois fois de suite, au cours de cette journée du 18 mai, il en fut ainsi sans que l'on parvînt à mettre la main sur le coupable. De guerre lasse, on dut se résoudre à protéger par un fort grillage le cadre réservé aux publications.

Cet attentat stupide fit marcher les langues quelques instants, puis on n'y pensa plus. Mais le docteur Roderich, capitaine Haralan et moi, lui accordâmes plus sérieuse attention. Nous ne mîmes pas un instant en doute que ce fût là le premier acte des hostilités annoncées, comme une escarmouche d'avant-garde, en quelque sorte, de la guerre que nous avait déclarée Wilhelm Storitz.

Cet acte inqualifiable, qui pouvait en être l'auteur, en effet, si ce n'est celui-là seul qui avait intérêt à le commettre ? Cette première attaque serait-elle suivie d'autres actes plus graves ? N'était-ce, comme nous le pensions, que le commencement des représailles contre la famille Roderich ?

Le docteur Roderich fut informé de l'incident dès la première heure par son fils, qui vint aussitôt après à l'hôtel Temesvar.

On imagine aisément dans quel état d'irritation était le capitaine Haralan.

« C'est ce coquin qui a fait le coup ! s'écria-t-il. Comment s'y est-il pris, je l'ignore. Il ne s'en tiendra pas là, sans doute, mais je ne le laisserai pas faire !

– Gardez votre sang-froid, mon cher Haralan, dis-je, et ne commettez pas quelque imprudence qui pourrait compliquer la situation.

– Mon cher Vidal, si mon père m'avait prévenu avant que cet homme fût sorti de l'hôtel, ou si, depuis, on m'eût laissé agir, nous serions débarrassés de lui.

– Je persiste à penser, mon cher Haralan, qu'il vaut mieux que vous ne vous soyez pas mis en évidence.

– Et s'il continue ?

– Il sera temps de réclamer l'intervention de la police. Songez à votre mère, à votre sœur.

– Ne vont-elles pas apprendre ce qui s'est passé ?

– On ne le leur dira pas, pas plus à elles qu'à Marc. Après le mariage, nous verrons quelle attitude il conviendra d'adopter.

– Après ?... répondit le capitaine Haralan, et s'il est trop tard ? »

Ce jour-là, à l'hôtel, quels que fussent les soucis cachés de M. Roderich, sa femme et sa fille ne s'occupaient que de la soirée de contrat qui allait être donnée le soir même. Elles avaient voulu « faire bien les choses », pour employer une manière de parler toute française. Le docteur, qui ne comptait que des amis dans la société ragzienne, avait lancé des invitations en assez grand nombre. Ici, comme sur un terrain neutre, l'aristocratie magyare se rencontrerait avec l'armée, la magistrature et les fonctionnaires. Le gouverneur de Ragz avait accepté l'invitation du docteur, auquel l'unissait une amitié personnelle déjà ancienne.

Les salons de l'hôtel suffiraient largement à contenir les cent cinquante invités qui devaient s'y réunir ce soir-là. Quant au souper, il serait servi dans la galerie à la fin de la soirée.

Personne ne songera à s'étonner que la question de toilette eût occupé Myra Roderich dans une juste mesure, ni que Marc eût voulu y apporter son goût d'artiste, ce qu'il avait déjà fait à propos du portrait de sa fiancée. D'ailleurs, Myra était Magyare, et le Magyar, quel que soit son sexe, a le grand souci de l'habillement. C'est dans le sang, comme l'amour de la danse, amour qui va jusqu'à la passion. Aussi, ce que j'ai dit de Myra s'appliquant à toutes les dames et à tous les hommes, cette soirée promettait d'être très brillante.

L'après-midi, les préparatifs furent achevés. Je restai toute cette journée chez le docteur, en attendant l'heure d'aller procéder, moi aussi, à ma toilette, comme un vrai Magyar.

À un instant où j'étais accoudé à l'une des fenêtres donnant sur le quai Batthyani, j'eus l'extrême déplaisir d'apercevoir Wilhelm Storitz. Était-ce le hasard qui l'amenait là ? Non, sans doute. Il suivait le quai le long du fleuve, la tête baissée, il se redressa, et quel regard s'échappa de ses yeux ! Il passa à plusieurs reprises, et Mme Roderich ne fut pas sans le remarquer. Elle le signala au docteur, qui se contenta de la rassurer, sans lui rien dire de la récente visite de l'énigmatique personnage.

J'ajouterai que, lorsque Marc et moi nous sortîmes pour aller à l'hôtel Temesvar, cet homme nous rencontra sur la place Magyare. Dès qu'il aperçut mon frère, il s'arrêta d'un mouvement brusque et parut hésiter comme s'il voulait venir à nous. Mais il resta immobile, la face pâle, les bras d'une raideur cataleptique... Allait-il donc tomber sur place ? Ses yeux, ses yeux fulgurants, quel regard ils jetaient à Marc, qui affectait de ne point faire attention à lui ! Et, lorsque nous l'eûmes laissé de quelques pas en arrière :

« Tu as remarqué cet individu ? me demanda mon frère.

– Oui, Marc.

– C'est ce Wilhelm Storitz dont je t'ai parlé.

– Je le sais.

– Tu le connais donc ?

– Le capitaine Haralan me l'a montré une ou deux fois déjà.

– Je croyais qu'il avait quitté Ragz ? dit Marc.

– Il paraît que non, ou, du moins, qu'il y est revenu...

– Peu importe, après tout !

– Oui, peu importe », répondis-je. Mais, à mon avis, l'absence de Wilhelm Storitz eût été plus rassurante. Vers neuf heures du soir, les premières voitures s'arrêtèrent devant l'hôtel Roderich, et les salons commencèrent à se remplir. Le docteur, sa femme, sa fille, recevaient leurs invités à l'entrée de la galerie resplendissante de l'éclat des lustres. Le gouverneur de Ragz ne tarda pas à être annoncé ; ce ne fut pas sans grandes marques de sympathie que Son Excellence présenta ses compliments à la famille. Mlle Myra fut particulièrement l'objet de ses prévenances, ainsi que mon frère. D'ailleurs les félicitations vinrent de toutes parts aux fiancés.

Entre neuf et dix heures affluèrent les autorités de la ville, les officiers, les camarades du capitaine Haralan, qui, bien que son visage me parût encore soucieux, mettait beaucoup de bonne grâce à recevoir les invités. Les toilettes des dames resplendissaient au milieu des uniformes et des habits de cérémonie. Tout ce monde allait et venait à travers les salons et la galerie. On admirait les cadeaux exposés dans le cabinet du docteur, les bijoux et bibelots de prix, parmi lesquels ceux qui venaient de mon frère témoignaient d'un goût exquis. Sur une des consoles du grand salon était déposé le contrat qui serait signé au cours de la soirée. Sur une autre était placé un magnifique bouquet de roses et de fleurs d'oranger, le bouquet des fiançailles, et, suivant la coutume magyare, auprès du bouquet, sur un coussin de velours, reposait la couronne nuptiale que porterait Myra, le jour du mariage, lorsqu'elle se rendrait à la cathédrale.

La soirée comprenait trois parties, un concert et un bal, séparés par la signature solennelle du contrat. Les danses ne devaient pas commencer avant minuit, et peut-être la plupart des invités regrettaient-ils que l'heure en fût si tardive, car, je le répète, il n'est pas de divertissement auquel Hongrois et Hongroises se livrent avec plus de plaisir et de passion.

La partie musicale avait été confiée à un remarquable orchestre de tziganes. Cet orchestre, en grand renom dans le pays magyar, ne s'était pas encore fait entendre à Ragz. Les musiciens et leur chef prirent place à l'heure dite dans la salle.

Je ne l'ignorais pas, les Hongrois sont enthousiastes de musique. Mais, suivant une juste remarque, il existe entre les Allemands et eux une différence très sensible dans leur manière d'en goûter le charme. Le Magyar est un dilettante, non un exécutant. Il ne chante pas, ou chante peu, il écoute, et lorsqu'il s'agit de la musique nationale, écouter est à la fois pour lui une affaire sérieuse et un plaisir d'une extraordinaire intensité.

L'orchestre se composait d'une douzaine d'exécutants sous la direction d'un chef. Ce qu'ils allaient jouer, c'étaient leurs plus jolis morceaux, ces « Hongroises » qui sont des chants guerriers, des marches militaires, que le Magyar, homme d'action, préfère aux rêveries de la musique allemande.

Peut-être s'étonnera-t-on que, pour une soirée de contrat, on n'eût pas choisi une musique plus nuptiale, mieux appropriée à ce genre de cérémonie. Mais ce n'est pas la tradition, et la Hongrie est le pays des traditions. Elle est fidèle à ses mélodies populaires, comme la Serbie à ses pesmas, comme la Valachie à ses doimas. Ce qu'il lui faut, ce sont ces airs entraînants, ces marches rythmées, qui évoquent le souvenir des champs de bataille et célèbrent les exploits inoubliables de son histoire.

Les tziganes avaient revêtu leurs costumes d'origine bohémienne. Je ne me lassais pas d'observer ces types si curieux, leurs visages hâlés, leurs yeux brillants sous de gros sourcils, leurs pommettes saillantes, la denture aiguë et blanche que découvre leur lèvre, leurs cheveux noirs dont la crêpelure ondulait sur un front un peu fuyant.

Le répertoire de cet orchestre produisit un grand effet. Toute l'assistance écoutait religieusement, puis s'abandonnait à des applaudissements frénétiques. Ainsi furent accueillis les morceaux les plus populaires, que les tziganes enlevèrent avec une maestria capable de réveiller tous les échos de la puszta.

Le temps réservé à ces auditions était écoulé. Pour mon compte, j'avais éprouvé un plaisir des plus vifs, en ce milieu magyar, alors que, dans certaines accalmies de l'orchestre, le lointain murmure du Danube arrivait jusqu'à moi.

Je n'oserais affirmer que Marc eût goûté le charme de cette étrange musique. Il en était une autre, plus douce, plus intime qui enivrait son âme. Assis près de Myra Roderich, leurs regards se parlaient, ils se chantaient ces romances sans paroles qui ravissent le cœur des fiancés.

Après les derniers applaudissements, le chef des tziganes se leva, ses compagnons l'imitèrent. Puis le docteur Roderich et le capitaine Haralan les ayant remerciés en termes flatteurs, auxquels ils parurent très sensibles, ils se retirèrent.

On procéda alors sans tarder à la signature du contrat, ce qui fut fait avec toute la solennité désirable, puis il y eut ce que j'appellerai un entracte, pendant lequel les invités quittèrent leurs places, se recherchèrent, formèrent des groupes sympathiques, quelques-uns se dispersant à travers le jardin brillamment illuminé, tandis que les plateaux circulaient chargés de boissons rafraîchissantes.

Jusqu'à ce moment, rien n'avait troublé l'ordonnance de cette fête, et, bien commencée, il n'y avait aucune raison pour qu'elle ne finît pas de même. Vraiment, si j'avais pu le craindre, si quelques appréhensions étaient nées dans mon esprit, je devais avoir repris toute assurance.

Aussi, je ne marchandai pas les félicitations à Mme Roderich.

« Je vous remercie, monsieur Vidal, me répondit-elle, et je suis satisfaite que mes invités aient passé là une heure agréable. Mais, au milieu de tout ce monde joyeux, je ne vois que ma chère fille et votre frère. Ils sont si heureux !...

– Madame, répliquai-je, c'est un bonheur qui vous était dû. Le plus grand que puissent rêver un père et une mère n'est-il pas celui de leurs enfants ? »

Par quelle bizarre association d'idées, cette phrase assez banale me rappela-t-elle le souvenir de Wilhelm Storitz ? En tout cas, le capitaine Haralan ne paraissait plus songer à lui. Son détachement était-il naturel ou simulé ? Je ne sais, mais il allait d'un groupe à l'autre, animant cette fête de sa joie entraînante, et, sans doute, plus d'une jeune Hongroise le regardait avec quelque admiration. Puis, il jouissait de la sympathie que la ville entière, on peut le dire, avait voulu en cette circonstance témoigner à sa famille.

« Mon cher capitaine, lui dis-je, lorsqu'il passa près de moi, si la fin de la soirée vaut le commencement...

– N'en doutez pas ! s'écria-t-il. La musique, c'est bien, mais la danse, c'est mieux !

– Parbleu ! repris-je, un Français ne reculera pas devant un Magyar. Sachez que votre sœur m'a accordé la deuxième valse.

– Pourquoi pas la première ?

– La première ?... Mais elle est à Marc de droit et de tradition !... Oubliez-vous donc Marc, et voulez-vous que je me fasse une affaire avec lui ?

– C'est juste, mon cher Vidal. Aux deux fiancés d'ouvrir le bal ! »

L'orchestre des tziganes reparut et s'installa au fond de la galerie. Des tables étaient disposées dans le cabinet du docteur, de telle sorte que les gens à ce point sérieux qu'ils s'interdisaient valses et mazurkas, pourraient se livrer aux plaisirs du jeu.

Or, l'orchestre était prêt à préluder, attendant que le capitaine Haralan lui en donnât le signal, lorsque du côté de la galerie, dont la porte s'ouvrait sur le jardin, se fit entendre une voix lointaine encore, d'une sonorité puissante et rude. C'était un chant étrange, d'un rythme bizarre, auquel la tonalité manquait, des phrases que ne reliait aucun lien mélodique.

Les couples formés pour la première valse s'étaient arrêtés... On écoutait... Ne s'agissait-il pas d'une surprise ajoutée à la soirée ?... Le capitaine Haralan s'étant approché de moi.

« Qu'est-ce donc ? lui demandai-je.

– Je ne sais, répondit-il d'un ton où perçait une certaine inquiétude.

– D'où vient ce chant ?... De la rue ?...

– Non... je ne crois pas. »

En effet, celui dont la voix arrivait jusqu'à nous, devait être dans le jardin, en marche vers la galerie. Peut-être même était-il sur le point d'y entrer.

Le capitaine Haralan me saisit le bras et m'entraîna près de la porte du jardin.

Il n'y avait alors dans la galerie qu'une dizaine de personnes, sans compter l'orchestre installé au fond derrière les pupitres. Les autres invités étaient groupés dans les salons et dans la salle. Ceux qui s'étaient promenés au-dehors, pendant l'entracte, venaient de rentrer.

Le capitaine Haralan alla se placer sur le perron. Je le suivis, et nos regards purent parcourir le jardin éclairé dans toute son étendue...

Nous ne découvrîmes personne.

M. et Mme Roderich nous rejoignirent en ce moment, et le docteur dit à son fils quelques mots auxquels celui-ci répondit par un geste négatif.

Cependant, la voix continuait à se faire entendre, plus accentuée, plus impérieuse, en se rapprochant toujours…

Marc, ayant Myra à son bras, vint près de nous dans la galerie, tandis que Mme Roderich restait au milieu des autres dames, qui l'interrogeaient, et auxquelles elle ne pouvait répondre.

« Je saurai bien !… » s'écria le capitaine Haralan, en descendant le perron.

Le docteur Roderich, plusieurs domestiques et moi, nous le suivîmes. Soudain, alors que le chanteur semblait ne plus être qu'à quelques pas de la galerie, la voix se tut.

Le jardin fut visité, ses massifs furent fouillés. Les illuminations n'y laissant pas un coin dans l'ombre, la recherche put être faite minutieusement… Et, pourtant, on ne trouva personne…

Était-il possible que cette voix fût celle d'un passant attardé suivant le boulevard Tékéli ?

Cela paraissait peu vraisemblable, et d'ailleurs on put constater que le boulevard était absolument désert à cette heure.

Une seule lumière brillait à cinq cents pas sur la gauche, la lumière à peine visible qui s'échappait du belvédère de la maison Storitz.

Dès que nous fûmes rentrés dans la galerie, nous ne pûmes répondre à ceux des invités qui nous interrogeaient qu'en donnant le signal de la valse.

C'est ce que fit le capitaine Haralan, et les groupes aussitôt se reformèrent.

« Eh bien, me demanda Myra en riant, vous n'avez pas choisi votre valseuse ?

– Ma valseuse, c'est vous, mademoiselle, mais pour la deuxième seulement.

– Alors, mon cher Henri, dit Marc, nous n'allons pas te faire attendre ! »

Marc se trompait. Je devais attendre plus longtemps qu'il ne croyait la valse que Myra m'avait promise. Je l'attends même toujours, à vrai dire.

L'orchestre venait d'achever le prélude, lorsque, sans qu'on aperçût le chanteur, la voix retentit de nouveau, et cette fois au milieu du salon…

Au trouble des invités se joignit alors un vif sentiment d'indignation. La voix lançait à pleins poumons le Chant de la Haine de Frédéric Margrade, cet hymne allemand qui doit à sa violence une abominable célébrité. Il y avait là une provocation au patriotisme magyar, une insulte directe et voulue !

Et celui dont la voix éclatait au milieu de ce salon… on ne le voyait pas !… Il était là pourtant, et nul ne pouvait l'apercevoir !…

Les valseurs s'étaient dispersés, refluant dans la salle et dans la galerie. Une sorte de panique gagnait les invités, surtout les dames.

Le capitaine Haralan allait à travers le salon, l'œil en feu, les mains tendues comme pour saisir l'être qui échappait à nos regards…

En ce moment la voix cessa avec le dernier refrain du Chant de la Haine.

Et alors, j'ai vu... oui ! cent personnes ont vu comme moi ce qu'elles se refusaient à croire...

Voici que le bouquet déposé sur la console, le bouquet de fiançailles, est brusquement arraché, déchiré, et que ses fleurs sont comme piétinées !... Voici que les morceaux du contrat jonchent le parquet !...

Cette fois, ce fut l'épouvante qui frappa tous les esprits ! Chacun voulut fuir le théâtre de si étranges phénomènes. Pour moi, je me demandais si j'avais bien toute ma raison et si je devais ajouter foi à ces incohérences.

Le capitaine Haralan venait de me rejoindre. Il me dit, pâle de colère :

« C'est Wilhelm Storitz ! »

Wilhelm Storitz ?... Était-il fou ?...

S'il ne l'était pas, j'allais le devenir à coup sûr. J'étais bien éveillé, je ne rêvais pas, et pourtant j'ai vu, oui j'ai vu de mes yeux, à cet instant, la couronne nuptiale s'enlever du coussin sur lequel elle était placée, sans qu'on pût apercevoir la main qui la tenait, traverser le salon, puis la galerie, et disparaître entre les massifs du jardin !...

« C'en est trop !... » s'écria le capitaine Haralan, qui sortit rapidement du salon, traversa comme une trombe le vestibule, et s'élança sur le boulevard Tékéli.

Je me précipitai à sa suite.

L'un suivant l'autre, nous courûmes vers la maison de Wilhelm Storitz, dont une fenêtre en haut du belvédère brillait toujours faiblement dans la nuit. Le capitaine saisit la poignée de la grille et la secoua rudement. Sans bien savoir ce que je faisais, je joignis mes efforts aux siens. Mais la porte était solide, et c'est à peine si nous parvenions à l'ébranler.

Depuis quelques minutes, nous nous épuisions ainsi en vain. Notre rage croissante nous enlevait tout reste de bon sens...

Soudain, la porte tourna sourdement sur ses gonds...

Le capitaine Haralan s'était évidemment trompé en accusant Wilhelm Storitz... Wilhelm Storitz n'avait pas quitté sa maison, puisque c'est lui-même qui nous ouvrait la porte, puisqu'il était en personne devant nous.

Dès les premières heures du jour, le bruit des incidents dont l'hôtel Roderich venait d'être le théâtre se répandit par la ville. Tout d'abord, ainsi que je m'y attendais, le public ne voulut pas admettre que ces phénomènes fussent naturels. Cependant, ils l'étaient, ils ne pouvaient pas ne pas l'être. Quant à en donner une explication acceptable, c'était autre chose.

Je n'ai pas besoin de dire que la soirée avait pris fin après la scène que j'ai racontée. Marc et Myra en avaient paru désolés. Ce bouquet de fiançailles piétiné, ce contrat déchiré, cette couronne nuptiale volée sous leurs yeux !... À la veille du mariage quel mauvais augure !

Pendant la journée, des groupes nombreux stationnèrent devant l'hôtel Roderich, sous les fenêtres du rez-de-chaussée qui n'avaient pas été rouvertes. Les gens du peuple, en majorité des femmes, affluaient sur le quai Batthyani.

Dans ces groupes, on causait avec une extrême animation. Les uns s'abandonnaient aux idées les plus extravagantes ; les autres se contentaient de jeter des regards peu rassurés sur l'hôtel.

Ni Mme Roderich ni sa fille n'étaient sorties ce matin-là suivant leur habitude. Myra était restée près de sa mère, dangereusement impressionnée par les scènes de la veille, et qui avait besoin du plus grand repos.

À huit heures, Marc ouvrit la porte de ma chambre. Il amenait avec lui le docteur et le capitaine Haralan. Nous avions à causer, peut-être à convenir de quelques mesures urgentes, et mieux valait que cet entretien n'eût pas lieu à l'hôtel Roderich. Mon frère et moi, nous étions rentrés ensemble dans la nuit, et, de très bonne heure, il était allé prendre des nouvelles de Mme Roderich et de sa fiancée. Puis, sur sa proposition, le docteur et le capitaine Haralan s'étaient empressés de le suivre.

La conversation s'engagea aussitôt :

« Henri, me dit Marc, j'ai donné l'ordre de ne laisser monter personne. Ici, on ne peut nous entendre, et nous sommes seuls... bien seuls... dans cette chambre. »

En quel état se trouvait mon frère ! Sa figure, rayonnante de bonheur la veille, était défaite, affreusement pâle. En somme, il me sembla plus accablé que ne le comportaient les circonstances.

Le docteur Roderich faisait des efforts pour se contenir, très différent de son fils, qui, les lèvres serrées, le regard troublé, laissait voir à quelle obsession il était en proie.

Je me promis de conserver tout mon sang-froid.

Mon premier soin fut de m'informer de Mme Roderich et de sa fille :

« Toutes deux ont été fort éprouvées par les incidents d'hier, me répondit le docteur, et quelques jours seront nécessaires pour qu'elles puissent se remettre. Cependant Myra, très affectée d'abord, a fait appel à son énergie et s'efforce de rassurer sa mère, plus frappée qu'elle. J'espère que le souvenir de cette soirée s'effacera bientôt de son esprit, et, à moins que ces déplorables scènes ne se renouvellent...

– Se renouveler ? dis-je. Il n'y a pas lieu de le craindre, docteur. Les circonstances dans lesquelles se sont produits ces phénomènes – puis-je appeler autrement ce qui s'est passé ? – ne se représenteront pas.

– Qui sait ? répliqua le docteur Roderich, qui sait ? Aussi ai-je grande hâte que le mariage soit accompli, car je commence à croire que les menaces qui m'ont été faites... »

Le docteur n'acheva pas cette phrase dont le sens n'était que trop compréhensible pour le capitaine Haralan et pour moi. Quant à Marc, qui ne savait rien encore des dernières démarches de Wilhelm Storitz, il parut ne pas avoir entendu.

Le capitaine Haralan, lui, avait son opinion. Toutefois, il garda un silence absolu, attendant sans doute que j'eusse donné mon avis sur les événements de la veille.

« Monsieur Vidal, reprit le docteur Roderich, que pensez-vous de tout cela ? »

J'estimai que j'avais plutôt à jouer le rôle d'un sceptique, qui n'entend point prendre au sérieux les étrangetés dont nous avions été témoins. Mieux valait affecter de n'y rien voir d'extraordinaire, en raison même de leur inexplicabilité, si l'on veut me permettre d'inventer ce mot. D'ailleurs, à vrai dire, la demande du docteur ne laissait pas de m'embarrasser.

« Monsieur Roderich, dis-je, je vous l'avoue, "tout cela", pour employer votre expression, ne me semble pas mériter qu'on s'y arrête longtemps. Que penser, si ce n'est que nous avons été victimes d'un mauvais plaisant ? Un mystificateur s'est glissé parmi vos invités et s'est permis d'ajouter aux distractions de la soirée une scène de ventriloquie d'un effet déplorable… Vous savez combien ces exercices s'exécutent maintenant avec un art merveilleux… »

Le capitaine Haralan s'était retourné vers moi, il me regardait les yeux dans les yeux, comme pour lire plus avant dans ma pensée. Son regard signifiait clairement :

« Nous ne sommes pas ici pour nous payer d'explications de ce genre ! »

Le docteur répondit :

« Vous me permettrez, monsieur Vidal, de ne pas croire à quelque tour de passe-passe…

– Docteur, répliquai-je, je ne saurais imaginer autre chose… à moins d'une intervention que je repousse pour ma part… une intervention surnaturelle…

– Naturelle, interrompit le capitaine Haralan, mais due à des procédés dont nous n'avons pas le secret.

– Cependant, insistai-je, en ce qui concerne la voix entendue hier, cette voix qui était bien une voix humaine, pourquoi ne serait-ce pas un effet de ventriloquie ? »

Le docteur Roderich secouait la tête en homme absolument réfractaire à cette explication.

« Je le répète, dis-je, il n'est pas impossible qu'un intrus ait pénétré dans le salon, avec l'intention de braver le sentiment national des Magyars, de blesser leur patriotisme avec ce Chant de la Haine, venu d'Allemagne. »

Après tout, cette hypothèse était plausible, du moment que l'on voulait se tenir dans la limite des faits purement humains. Mais, même en l'admettant, le docteur Roderich avait une réponse très simple à faire, et il la fit en ces termes :

« Si je vous accorde, monsieur Vidal, qu'un mystificateur, ou plutôt un insulteur, a pu s'introduire dans l'hôtel, et que nous ayons été dupes d'une scène de ventriloquie – ce que je me refuse à croire –, que diriez-vous du bouquet et du contrat déchirés, de la couronne emportée par une main invisible ? »

En effet, attribuer ces deux incidents à quelque escamoteur, si adroit qu'il fût, la raison s'y refusait. Et pourtant, il est de si habiles magiciens !

Le capitaine Haralan d'ajouter :

« Parlez, mon cher Vidal. Est-ce votre ventriloque qui a détruit ce bouquet fleur à fleur, qui a déchiré ce contrat en mille morceaux, qui a enlevé cette couronne, l'a promenée à travers les salons, et l'a emportée comme un voleur ? »

Je ne répondis pas.

« Prétendriez-vous, par hasard, reprit-il en s'animant, que nous ayons été victimes d'une illusion ? »

Non, assurément, l'illusion n'était pas admissible, le fait s'étant passé devant plus de cent personnes !

Après quelques instants d'un silence que je ne cherchai point à rompre, le docteur conclut :

« Acceptons les choses comme elles sont et n'essayons pas de nous abuser. Nous sommes en présence de faits qui semblent échapper à toute explication naturelle, et qui ne sont pas niables. Cependant, en restant dans le domaine du réel, voyons si quelqu'un, non pas un mauvais plaisant, mais un ennemi, aurait voulu, par vengeance, troubler cette soirée de fiançailles. »

En somme, c'était placer la question sur son véritable terrain.

« Un ennemi ?... s'écria Marc. Un ennemi de votre famille ou de la mienne, monsieur Roderich ? En connaîtriez-vous ?

– Oui, affirma le capitaine Haralan. Celui qui avant vous, Marc, avait demandé la main de ma sœur.

– Wilhelm Storitz ?

– Wilhelm Storitz. »

Marc fut alors mis au courant de ce qu'il ignorait encore. Le docteur lui raconta la nouvelle tentative qu'avait faite Wilhelm Storitz quelques jours auparavant. Mon frère connut la réponse si catégorique du docteur, puis les menaces proférées par son rival contre la famille Roderich, menaces de nature à justifier dans une certaine mesure le soupçon que celui-ci avait participé d'une manière quelconque aux scènes de la veille.

« Et vous ne m'avez rien dit de tout cela !... s'écria Marc. C'est aujourd'hui seulement, lorsque Myra est menacée, que vous m'avertissez !... Eh bien, ce Wilhelm Storitz, je vais aller le trouver, et je saurai...

– Laissez-nous ce soin, Marc, dit le capitaine Haralan. C'est la maison de mon père qu'il a souillée de sa présence...

– C'est ma fiancée qu'il a insultée ! » répondit Marc, qui ne se contenait plus.

Évidemment, la colère les égarait tous deux. Que Wilhelm Storitz eût l'intention de se venger de la famille Roderich et de mettre ses menaces à exécution, soit ! Mais qu'il fût intervenu dans les scènes de la veille, qu'il y eût joué personnellement un rôle, il était impossible de l'établir. Ce n'est pas sur de simples présomptions que l'on pouvait l'accuser et lui dire : « Vous étiez là, hier soir, au milieu des invités. C'est vous qui avez déchiré le bouquet de fiançailles et le contrat. C'est vous qui avez enlevé la couronne nuptiale. » Personne ne l'avait vu, personne.

D'ailleurs, ne l'avions-nous pas trouvé chez lui ? N'était-ce pas lui-même qui nous avait ouvert la porte de la grille ? Assurément, il nous avait fait attendre un temps appréciable, très suffisant, en tout cas, pour lui permettre de revenir de l'hôtel Roderich ; mais comment admettre qu'il eût pu faire le trajet sans être aperçu du capitaine Haralan ni de moi ?

Tout cela, je le répétai, et j'insistai pour que Marc et le capitaine Haralan tinssent compte de mes observations dont le docteur Roderich reconnaissait la logique. Mais ils étaient trop montés pour m'entendre et voulaient se rendre sur-le-champ à la maison du boulevard Tékéli.

Enfin, après une longue discussion, on s'arrêta au seul parti raisonnable, celui que je proposai en ces termes :

« Mes amis, venez à la Maison de Ville. Mettons le chef de police au courant de l'affaire, s'il ne l'est déjà. Apprenons-lui quelle est la situation de cet Allemand vis-à-vis de la famille Roderich, quelles menaces il a proférées contre Marc et sa fiancée. Faisons connaître les présomptions qui pèsent sur lui. Disons même qu'il prétend disposer de moyens pouvant défier toute puissance humaine – pure vanterie de sa part, d'ailleurs. Il appartiendra au chef de police de voir s'il n'y a pas des mesures à prendre contre cet étranger. »

N'était-ce pas ce qu'il y avait de mieux à faire, et même tout ce qu'il y avait à faire dans cette circonstance ? La police peut intervenir plus efficacement que des particuliers. Si le capitaine Haralan et Marc se fussent rendus à la maison Storitz, peut-être la porte ne se serait-elle pas ouverte devant eux. Auraient-ils donc essayé d'entrer par la force ?... De quel droit ?... Or, ce droit, la police le possédait. C'est donc à elle, à elle seule, qu'il convenait de s'adresser.

D'accord sur ce point, il fut décidé que Marc retournerait à l'hôtel Roderich, tandis que le docteur, le capitaine Haralan et moi, nous irions à la Maison de Ville.

Il était dix heures et demie. Tout Ragz, ainsi que je l'ai dit, connaissait alors les incidents de la veille. En voyant le docteur et son fils se diriger vers la Maison de Ville, on devinait aisément les motifs qui les y conduisaient..

Lorsque nous fûmes arrivés, le docteur se fit annoncer auprès du directeur de la police, qui donna l'ordre de nous introduire immédiatement dans son cabinet.

M. Henrich Stepark était un homme de petite taille, à la physionomie énergique, au regard interrogateur, d'une finesse et d'une intelligence remarquables, d'un esprit très pratique, d'un flair très sûr. En maintes occasions, il avait fait preuve d'une grande habileté. Tout ce qu'il serait possible de faire pour éclaircir cette obscure histoire de l'hôtel Roderich, on pouvait être assuré qu'il le ferait. Mais, était-il en son pouvoir d'intervenir utilement dans des circonstances si particulières qu'elles franchissaient les limites de la vraisemblance ?

Le chef de police était instruit comme tout le monde des détails de cette affaire, sauf de ce qui n'était connu que du docteur, du capitaine Haralan et de moi.

« Je comptais sur votre visite, monsieur Roderich, dit-il en nous accueillant, et, si vous n'étiez pas venu à mon cabinet, c'est moi qui serais allé vous voir. J'ai su, cette nuit même, que d'étranges choses s'étaient passées dans votre hôtel, et à quel propos vos invités ont éprouvé une terreur assez naturelle en somme. J'ajoute que cette terreur a gagné la ville, et Ragz ne me paraît pas être près de se calmer. »

Nous comprîmes, à cette entrée en matière, que le plus simple serait d'attendre les questions de M. Stepark.

« Je vous demanderai tout d'abord, monsieur le docteur, si vous avez encouru la haine de quelqu'un, si vous pensez que, par suite de cette haine, une vengeance ait pu être exercée contre votre famille, et précisément à propos du mariage de Mlle Myra Roderich et de M. Marc Vidal ?

– Je le crois, répondit le docteur.

– Quelle serait cette personne ?

– Un nommé Wilhelm Storitz. »

Ce fut le capitaine Haralan qui prononça ce nom. Le chef de police ne sembla nullement surpris. Le docteur apprit alors à M. Stepark que Wilhelm Storitz avait recherché la main de Myra Roderich, qu'il avait renouvelé sa demande, et qu'après un nouveau refus il avait menacé d'empêcher le mariage par des moyens qui défiaient toute puissance humaine.

« Oui, oui, dit M. Stepark, et il a commencé en lacérant l'affiche de mariage sans qu'on ait pu l'apercevoir. »

Nous fûmes tous de cet avis.

Toutefois, notre unanimité ne rendait pas le phénomène plus explicable, à moins de l'attribuer à quelque sorcellerie. Mais c'est dans le domaine de la réalité que se meut la police. C'est au collet des gens en chair et en os qu'elle met sa main brutale. Elle n'a point l'habitude d'arrêter des spectres ou des fantômes. L'arracheur de l'affiche, le destructeur du bouquet, le voleur de la couronne, était un être humain parfaitement saisissable. Il ne restait qu'à le saisir.

M. Stepark reconnut ce qu'il y avait de bien fondé dans nos soupçons et dans les présomptions qui s'élevaient contre Wilhelm Storitz.

« Cet individu, dit-il, m'a toujours paru suspect, bien que je n'aie jamais reçu de plaintes à son sujet. Son existence est cachée. On ne sait trop comment il vit ni de quoi il vit. Pourquoi a-t-il quitté Spremberg, sa ville natale ? Pourquoi, lui, un Prussien de la Prusse méridionale, est-il venu s'établir en ce pays magyar peu sympathique à ses compatriotes ? Pourquoi s'est-il renfermé avec un vieux serviteur dans cette maison du boulevard Tékéli, où personne ne pénètre jamais ? Je le répète, tout cela est suspect… très suspect…

– Que comptez-vous faire, monsieur Stepark ? demanda le capitaine Haralan.

– Ce qui est tout indiqué, répondit le chef de police, opérer une descente dans cette maison où nous trouverons peut-être quelque document… quelque indice…

– Mais, pour cette descente, demanda le docteur Roderich, ne vous faut-il pas une autorisation du gouverneur ?

– Il s'agit d'un étranger, et d'un étranger qui a menacé votre famille. Son Excellence accordera cette autorisation, n'en doutez pas.

– Le gouverneur était hier à la soirée des fiançailles, fis-je observer.

– Je le sais, monsieur Vidal, et il m'a déjà fait appeler au sujet des faits dont il a été témoin.

– Se les expliquait-il ? demanda le docteur.

– Non ! il ne leur trouvait aucune explication raisonnable.

– Mais, dis-je, lorsqu'il saura que Wilhelm Storitz est mêlé à cette affaire…

– Il n'en sera que plus désireux de l'éclaircir, répondit M. Stepark. Veuillez m'attendre, messieurs. Je vais directement au palais, et, avant une demi-heure, j'aurai rapporté l'autorisation de perquisitionner dans la maison du boulevard Tékéli.

– Où nous vous accompagnerons, dit le capitaine Haralan.

– Si cela vous plaît, capitaine, et vous aussi, monsieur Vidal, accorda le chef de police.

– Moi, dit le docteur Roderich, je vous laisserai aller avec M. Stepark et ses agents. J'ai hâte de retourner à l'hôtel, où vous reviendrez, après la perquisition terminée.

– Et après arrestation faite, s'il y a lieu » déclara M. Stepark, qui me parut décidé à mener rondement cette affaire.

Il partit pour le palais, et le docteur sortit en même temps que lui, se rendant à l'hôtel, où nous irions le retrouver.

Le capitaine Haralan et moi nous restâmes dans le cabinet du chef de police. Peu de propos furent échangés. Nous allions donc franchir la porte de cette maison… Son propriétaire s'y trouvait-il en ce moment ?… Je me demandais si le capitaine Haralan pourrait se contenir lorsqu'il serait en sa présence.

M. Stepark reparut après une demi-heure d'absence. Il rapportait l'autorisation de perquisitionner, et avait mandat de prendre toutes mesures qui lui sembleraient nécessaires.

« Maintenant, messieurs, nous dit-il, veuillez sortir avant moi. J'irai d'un côté, mes agents de l'autre, et, dans vingt minutes, nous serons à la maison Storitz. Est-ce convenu ?

– C'est convenu », répondit le capitaine Haralan.

Et tous deux, quittant la Maison de Ville, nous descendîmes vers le quai Batthyani.

IX

La direction prise par M. Stepark le faisait passer par le nord de la ville, tandis que ses agents, deux à deux, traversaient les quartiers du centre. Le capitaine Haralan et moi, après avoir atteint l'extrémité de la rue Étienne-1er, nous suivîmes le quai le long du Danube.

Le temps était couvert. Les nuages grisâtres et boursouflés chassaient rapidement de l'Est. Sous la fraîche brise, les embarcations donnaient une forte bande, en sillonnant les eaux jaunâtres du fleuve. Des couples de cigognes et de grues, faisant tête au vent, jetaient des cris aigus. Il ne pleuvait pas, mais les hautes vapeurs menaçaient de se résoudre en averses torrentielles.

Excepté dans le quartier commerçant, rempli à cette heure de la foule des citadins et des paysans, les passants étaient rares. Cependant, si le chef de la police et ses agents fussent venus avec nous, cela aurait pu attirer l'attention, et mieux valait s'être séparés en quittant la Maison de Ville.

Le capitaine Haralan continuait à garder le silence. Je craignais toujours qu'il ne fût pas maître de lui et qu'il ne se livrât à quelque acte de violence s'il rencontrait Wilhelm Storitz. Aussi regrettais-je presque que M. Stepark nous eût permis de l'accompagner.

Un quart d'heure nous suffit pour atteindre, au bout du quai Batthyani, l'angle occupé par l'hôtel Roderich. Aucune des fenêtres du rez-de-chaussée n'était encore ouverte, pas plus que celles des chambres de Mme Roderich et de sa fille. Quel contraste avec l'animation de la veille !

Le capitaine Haralan s'arrêta, et ses regards s'attachèrent un instant à ces persiennes closes. Un soupir s'échappa de sa poitrine, sa main esquissa un geste menaçant, mais il ne prononça pas une parole.

Le coin tourné, nous remontâmes le boulevard Tékéli, et nous fîmes halte près de la maison Storitz.

Un homme se promenait devant la porte, les mains dans les poches, en indifférent. C'était le chef de police. Le capitaine Haralan et moi nous le rejoignîmes ainsi qu'il était convenu.

Presque aussitôt, apparurent six agents en bourgeois, qui, sur un signe de M. Stepark, se rangèrent le long de la grille. Avec eux se trouvait un serrurier, réquisitionné pour le cas où la porte ne s'ouvrirait pas.

Les fenêtres de la maison Storitz étaient fermées comme d'habitude. Les rideaux du belvédère, tirés intérieurement, rendaient les vitres opaques.

« Il n'y a personne, sans doute, dis-je à M. Stepark.

– Nous allons le savoir, me répondit-il. Mais je serais étonné que la maison fût vide. Voyez cette fumée qui s'échappe de la cheminée, à gauche. »

En effet, un filet de vapeur fuligineuse s'échevelait au-dessus du toit.

« Si le maître n'est pas chez lui, ajouta M. Stepark, il est probable que le domestique est là, et, pour nous ouvrir, peu importe que ce soit l'un ou l'autre. »

À part moi, étant donné la présence du capitaine Haralan, j'eusse préféré que Wilhelm Storitz fût absent et même qu'il eût quitté Ragz.

Le chef de la police fit résonner le heurtoir fixé à l'un des panneaux de la grille. Puis nous attendîmes que quelqu'un parût ou que la porte fût ouverte de l'intérieur.

Une minute s'écoula. Personne. Second coup de heurtoir…

« On a l'oreille dure dans cette maison », murmura M. Stepark.

Puis, se retournant vers le serrurier :

« Faites », dit-il.

Cet homme choisit un outil dans son trousseau. Le bec-de-cane seul étant engagé dans la gâche, la porte céda sans difficulté.

Le chef de police, le capitaine Haralan et moi, nous entrâmes dans la cour. Quatre des agents nous accompagnaient, tandis que les deux autres restaient à l'extérieur.

Au fond, un perron de trois marches montait à la porte d'entrée de l'habitation, fermée comme celle de la grille.

M. Stepark heurta deux fois avec sa canne.

Il ne fut pas répondu. Aucun bruit ne se fit entendre à l'intérieur de la maison.

Le serrurier gravit les degrés du perron et introduisit une de ses clefs dans la serrure. Il était possible que celle-ci fût fermée à plusieurs tours, et même que les verrous eussent été poussés en dedans, si Wilhelm Storitz, ayant aperçu les agents, voulait les empêcher d'entrer.

Il n'en fut rien. La serrure joua. La porte s'ouvrit aussitôt.

« Entrons », dit M. Stepark.

Le corridor était éclairé à la fois par l'imposte grillagé ménagé au-dessus de la porte, et, au fond, par le vitrage d'une seconde porte donnant accès dans le jardin.

Le chef de police fit quelques pas dans ce corridor, et cria d'une voix forte :

« Y a-t-il quelqu'un ici ? »

Pas de réponse, même quand cet appel eut été jeté une seconde fois. Aucun bruit à l'intérieur de cette maison. À peine si, en prêtant l'oreille, en y appliquant toute notre attention, nous crûmes percevoir comme une sorte de glissement dans une des chambres latérales… Mais c'était une illusion, sans doute.

M. Stepark s'avança jusqu'au fond du corridor. Je marchais derrière lui, et le capitaine Haralan me suivait. Un des agents était resté de garde sur le perron de la cour.

La porte ouverte, on put d'un coup d'œil parcourir tout le jardin. Il était enclos de murs sur une superficie d'environ deux à trois mille toises. Une pelouse, qui n'avait pas été fauchée depuis longtemps, et dont les hautes herbes traînaient, à demi flétries, en occupait le centre. Tout autour courait une allée sinueuse bordée de taillis fort épais. Au-delà de ces taillis on apercevait des arbres élevés, plantés sans doute le long des murs, et dont les têtes devaient dominer l'épaulement des fortifications.

Tout dénotait l'incurie et l'abandon.

Le jardin fut visité. Les agents n'y découvrirent personne, bien que les allées fussent marquées de pas récents.

Les fenêtres, de ce côté, étaient closes de contrevents, sauf la dernière du premier étage, par laquelle s'éclairait l'escalier.

« Ces gens-là ne devaient pas tarder à rentrer, fit observer le chef de police, puisque la porte était simplement tirée et non fermée à double tour… à moins qu'ils n'aient eu l'éveil, et qu'ils n'aient pris la clef des champs.

– Vous pensez qu'ils ont pu savoir ?… répliquai-je. Non, je m'attends plutôt à ce qu'ils reviennent d'un instant à l'autre. »

M. Stepark secoua la tête d'un air de doute.

« D'ailleurs, ajoutai-je, cette fumée qui s'échappe de l'une des cheminées prouve qu'il y a du feu quelque part.

– Cherchons le feu », répondit le chef de police. Après avoir constaté que le jardin était désert comme la cour, et que personne n'y était caché, M. Stepark nous pria de rentrer dans la maison, et la porte du corridor fut refermée derrière nous. Ce corridor desservait quatre pièces. De l'une d'elles, du côté du jardin, on avait fait la cuisine. Une autre n'était à vrai dire que la cage de l'escalier qui montait au premier étage, puis au grenier.

Ce fut par la cuisine que la perquisition débuta. Un des agents alla ouvrir la fenêtre et en repoussa les contrevents, percés d'une étroite ouverture en losange, qui ne laissait pas pénétrer assez de jour.

Rien de plus simple, de plus rudimentaire que le mobilier de cette cuisine, – un fourneau de fonte, dont le tuyau se perdait sous l'auvent d'une vaste cheminée, de chaque côté une armoire, au milieu une table, deux chaises paillées et deux escabeaux de bois, divers ustensiles accrochés aux murs, dans un angle, une horloge au tic-tac régulier, et dont les poids indiquaient qu'elle avait été remontée de la veille.

Dans le fourneau brûlaient encore quelques morceaux de charbon qui produisaient la fumée vue du dehors.

« Voici la cuisine, dis-je, mais le cuisinier ?…

– Et son maître ?… ajouta le capitaine Haralan.

– Continuons nos recherches », répondit M. Stepark. Les deux autres chambres du rez-de-chaussée, qui prenaient jour sur la cour, furent visitées successivement. L'une, le salon, était garnie de meubles d'un travail ancien, en vieilles tapisseries d'origine allemande très usées par place. Sur la tablette de la cheminée à gros chenets de fer, reposait une pendule rocaille d'assez mauvais goût. Ses aiguilles arrêtées et la poussière étalée sur le cadran indiquaient qu'elle ne servait plus depuis longtemps. À l'un des panneaux, en face de la fenêtre, était appendu un portrait dans son cadre ovale, avec ce nom, dans un cartouche : Otto Storitz. Nous regardions cette peinture, vigoureuse de dessin, rude de couleurs, signée d'un artiste inconnu, une véritable œuvre d'art.

Le capitaine Haralan ne pouvait détacher ses yeux de cette toile.

Pour mon compte, la figure d'Otto Storitz me causait une impression profonde. Était-ce la disposition de mon esprit qui m'y poussait ?… Ou plutôt ne subissais-je pas, à mon insu, l'influence du milieu ?… Quoi qu'il en soit, ici, dans ce salon abandonné, le savant m'apparaissait comme un être fantastique. Avec cette tête puissante, cette chevelure en broussaille, ce front démesuré, ces yeux d'une ardeur de braise, cette bouche aux lèvres frémissantes, il me semblait que le portrait était vivant, qu'il allait s'élancer hors de son cadre, et s'écrier d'une voix venue de l'autre monde :

« Que faites-vous ici ?… Quelle audace est la vôtre de troubler mon repos ! »

La fenêtre du salon, fermée de persiennes, laissait passer la lumière. Il n'avait pas été nécessaire de l'ouvrir, et, dans cette pénombre relative, peut-être le portrait gagnait-il en étrangeté et nous impressionnait-il davantage.

Le chef de police parut frappé de la ressemblance qui existait entre Otto et Wilhelm Storitz.

« À la différence d'âge près, me fit-il observer, ce portrait pourrait être aussi bien celui du fils que celui du père. Ce sont les mêmes yeux, le même front, la même tête placée sur de larges épaules. Et cette physionomie diabolique !... On serait tenté de les exorciser l'un comme l'autre.

– Oui, répliquai-je, cette ressemblance est surprenante. »

Le capitaine Haralan semblait cloué devant cette toile, comme si l'original eût été devant lui.

« Venez-vous, capitaine ? » lui dis-je.

Nous passâmes de ce salon dans la chambre voisine, en traversant le corridor. C'était le cabinet de travail, très en désordre. Des rayons de bois blanc, encombrés de volumes non reliés pour la plupart, des ouvrages de mathématiques, de chimie et de physique principalement. Dans un coin, plusieurs instruments, des appareils, des machines, des bocaux, un fourneau portatif, quelques cornues et alambics, divers échantillons de métaux dont quelques-uns m'étaient inconnus, tout ingénieur que je sois. Au milieu de la pièce, sur une table chargée de papiers et d'ustensiles de bureau, trois ou quatre volumes des œuvres complètes d'Otto Storitz. À côté de ces volumes, un manuscrit. En me penchant, je pus constater que ce manuscrit, signé également de ce nom célèbre, était relatif à une étude sur la lumière. Papiers, volumes et manuscrit furent saisis et mis sous scellés.

La perquisition faite dans ce cabinet ne donna aucun autre résultat qui pût être de nature à nous édifier. Nous allions en sortir, lorsque M. Stepark aperçut sur la cheminée une fiole de forme bizarre en verre bleuté.

Fut-ce pour obéir à un sentiment de curiosité ou à ses instincts de policier, M. Stepark avança la main pour prendre cette fiole afin de l'examiner de plus près. Mais il est à croire qu'il fit un faux mouvement, car la fiole, qui était posée sur le bord de la tablette, tomba au moment où il allait la saisir et se brisa sur le carreau.

Une liqueur très fluide de couleur jaunâtre s'en échappa. Extrêmement volatile, elle se réduisit aussitôt en une vapeur d'une odeur singulière que je n'aurais pu comparer à aucune autre, mais faible en somme, car notre odorat n'en fut que peu affecté.

« Ma foi, dit M. Stepark, elle est tombée à propos, cette fiole.

– Elle renfermait, sans doute, quelque composition inventée par Otto Storitz, dis-je.

– Son fils doit en avoir la formule, et il saura bien en refaire », répondit M. Stepark. Puis, se dirigeant vers la porte : « Au premier étage », dit-il, en recommandant à deux de ses agents de rester dans le corridor.

Au fond, en face de la cuisine, se trouvait la cage d'un escalier à rampe de bois, dont les marches craquaient sous le pied.

Sur le palier s'ouvraient deux chambres contiguës, dont les portes n'étaient point fermées à clef, et il suffit d'en tourner le bouton de cuivre pour s'y introduire.

La première, au-dessus du salon, devait être la chambre de Wilhelm Storitz. Elle ne contenait qu'un lit de fer, une table de nuit, une armoire à linge en chêne, une toilette montée sur pieds de cuivre, un canapé, un fauteuil de gros velours, et deux chaises. Pas de rideaux au lit, pas de rideaux aux fenêtres, un mobilier, on le voit, réduit au strict nécessaire. Aucun papier, ni sur la cheminée, ni sur une petite table ronde placée dans un angle. La couverture était encore défaite à cette heure matinale, mais que le lit eût été occupé pendant la nuit, nous ne pouvions que le supposer.

Toutefois, en s'approchant de la toilette, M. Stepark observa que la cuvette contenait de l'eau avec quelques bulles savonneuses à sa surface.

« À supposer, dit-il, que vingt-quatre heures se fussent écoulées depuis que l'on s'est servi de cette eau, les bulles seraient dissoutes. D'où je conclus que notre homme a fait sa toilette ici-même, ce matin, avant de sortir.

– Aussi est-il possible qu'il rentre, répétai-je, à moins qu'il n'aperçoive vos agents.

– S'il voit mes agents, mes agents le verront, et ils ont ordre de me l'amener. Mais je ne compte guère qu'il se laisse prendre. »

En ce moment, on entendit un bruit comme le craquement d'un parquet mal assujetti sur lequel on marche. Ce bruit semblait venir de la pièce à côté, au-dessus du cabinet de travail.

Il existait une porte de communication entre la chambre à coucher et cette pièce, ce qui évitait de revenir au palier pour passer de l'une à l'autre.

Avant le chef de police, le capitaine Haralan s'élança d'un bond vers cette porte, l'ouvrit brusquement…

Mais nous nous étions trompés. Il n'y avait personne.

Il était possible, après tout, que ce bruit fût venu de l'étage supérieur, c'est-à-dire du grenier par lequel on accédait au belvédère.

Cette seconde chambre était encore plus sommairement meublée que la première, un cadre tendu d'une sangle de forte toile, un matelas très aplati par l'usage, de gros draps rugueux, une couverture de laine, deux chaises dépareillées, un pot à eau et une cuvette de grès sur la cheminée dont l'âtre ne renfermait pas la moindre parcelle de cendres, quelques vêtements d'étoffe épaisse accrochés aux patères d'un portemanteau, un bahut, ou plutôt un coffre de chêne, qui servait à la fois d'armoire et de commode, et dans lequel M. Stepark trouva du linge en assez grande quantité.

Cette chambre était évidemment celle du vieux serviteur Hermann. Le chef de police savait d'ailleurs, par les rapports de ses agents, que si la fenêtre de la première chambre à coucher s'ouvrait quelquefois pour l'aération, celle de cette seconde chambre donnant aussi sur la cour demeurait invariablement fermée. On put le constater matériellement en examinant l'espagnolette, d'un jeu très difficile, et les ferrures des persiennes, mangées de rouille.

En tout cas, ladite chambre était vide, et pour peu qu'il en fût ainsi du grenier, du belvédère et de la cave située sous la cuisine, c'est que, décidément, le maître et le serviteur avaient quitté la maison et peut-être avec l'intention de n'y plus rentrer.

« Vous n'admettez pas, demandai-je à M. Stepark, que Wilhelm Storitz ait pu être informé de cette perquisition ?

– Non, à moins qu'il n'ait été caché dans mon cabinet, monsieur Vidal, ou dans celui de son Excellence, lorsque nous causions de cette affaire !

– Quand nous sommes arrivés sur le boulevard Tékéli, il est possible qu'ils nous aient aperçus.

– Soit ! mais comment seraient-ils sortis ?

– En gagnant la campagne par-derrière.

– Ils n'auraient pas eu le temps de passer par-dessus les murs du jardin, qui sont très élevés, et, de l'autre côté, d'ailleurs, c'est le fossé des fortifications qu'on ne peut franchir. »

L'opinion du chef de police était donc bien que Wilhelm Storitz et Hermann étaient déjà hors de la maison avant que nous y fussions entrés.

Nous sortîmes de cette chambre par la porte du palier. À l'instant précis où nous attaquions la première marche pour monter au second étage, nous entendîmes tout à coup l'escalier réunissant le premier au rez-de-chaussée craquer fortement, comme si quelqu'un l'eût monté ou descendu à pas rapides. Presque aussitôt, il y eut un bruit de chute suivi d'un cri de douleur.

Nous nous penchâmes sur la rampe, et nous aperçûmes un des agents restés en surveillance dans le couloir qui se relevait en se frottant les reins.

« Qu'y a-t-il, Ludwig ? » interrogea M. Stepark.

L'agent expliqua qu'il se tenait debout sur la deuxième marche de l'escalier, quand son attention avait été attirée par les craquements que nous avions entendus. En se retournant alors brusquement pour en reconnaître la cause, il est à supposer qu'il avait mal calculé ses mouvements, car, ses deux talons glissant à la fois, il était tombé à la renverse, au grand dommage de ses reins. Cet homme ne pouvait s'expliquer sa chute. Il eût juré qu'on lui avait tiré ou poussé les pieds, pour lui faire perdre l'équilibre. Mais cela n'était pas admissible, puisqu'il était seul au rez-de-chaussée, avec son collègue resté en surveillance à la porte principale donnant sur la cour.

« Hum !... » fit M. Stepark d'un air soucieux.

En une minute, le second étage fut atteint.

Cet étage ne comprenait que le grenier qui s'étendait d'un pignon à l'autre, éclairé par d'étroits vasistas ménagés dans la toiture, et il fut aisé de constater d'un coup d'œil que personne ne s'y était réfugié.

Au centre, une échelle assez raide conduisait au belvédère qui dominait les combles, et à l'intérieur duquel on s'introduisait par une trappe qui basculait au moyen d'un contrepoids.

« Cette trappe est ouverte, fis-je observer à M. Stepark, qui avait déjà mis un pied sur l'échelle.

– En effet, monsieur Vidal, et il vient par là un courant d'air. D'où ce bruit que nous avons entendu. La brise est forte aujourd'hui, et la girouette crie à la pointe du toit.

– Cependant, répondis-je, on eût dit plutôt un bruit de pas.

– Qui donc aurait marché, puisqu'il n'y a personne ?

– À moins que là-haut, monsieur Stepark ?...

– Dans cette niche aérienne ?... »

Le capitaine Haralan écoutait les propos échangés entre le chef de police et moi. Il se contenta de dire en indiquant le belvédère :

« Montons. »

M. Stepark gravit le premier les échelons, en s'aidant d'une grosse corde qui pendait jusqu'au plancher.

Le capitaine Haralan d'abord, moi ensuite, nous grimpions après lui. Il était probable que trois personnes suffiraient à remplir cet étroit lanterneau.

En effet, ce n'était qu'une sorte de cage carrée de huit pieds sur huit, et haute d'une dizaine.

Il y faisait assez sombre, bien qu'un vitrage fût établi entre les montants solidement encastrés dans les poutres du faîtage.

Cette obscurité tenait à ce que d'épais rideaux de laine étaient rabattus, ainsi que nous l'avions remarqué du dehors. Mais, dès qu'ils furent relevés, la lumière pénétra largement à travers le vitrage.

Par les quatre faces du belvédère, le regard pouvait parcourir tout l'horizon de Ragz. Rien ne gênait la vue, plus étendue qu'à la terrasse de l'hôtel Roderich, moins toutefois qu'à la tour de Saint-Michel et au donjon du château.

Je revis de là le Danube à l'extrémité du boulevard, la cité se développant vers le Sud, dominée par le beffroi de la Maison de Ville, par la flèche de la cathédrale, par le donjon de la colline de Wolkang, et autour, les vastes prairies de la puszta, bordée de ses lointaines montagnes.

J'ai hâte de dire qu'il en fut du belvédère comme du restant de la maison. On n'y trouva personne. Il fallait que M. Stepark en prît son parti, cette descente de police ne donnerait aucun résultat, et on ne saurait rien encore des mystères de la maison Storitz.

J'avais pensé que ce belvédère servait peut-être à des observations astronomiques et qu'il renfermait des appareils pour l'étude du ciel. Erreur. Pour tout meuble, une table et un fauteuil en bois.

Sur la table, se trouvaient quelques papiers, et, entre autres, un numéro de la gazette qui m'avait appris, à Budapest, le prochain anniversaire d'Otto Storitz. Ces papiers furent saisis, comme les précédents.

Sans doute, c'était ici que le fils se reposait, au sortir de son cabinet de travail, ou, plus exactement, de son laboratoire. Dans tous les cas, il avait lu cet article, qui était marqué, de sa main évidemment, par une croix à l'encre rouge.

Soudain une violente exclamation se fit entendre, une exclamation de surprise et de colère.

Le capitaine Haralan avait aperçu, sur une tablette fixée à l'un des montants, une boîte en carton qu'il venait d'ouvrir…

Et qu'avait-il retiré de cette boîte ?…

La couronne nuptiale enlevée pendant la soirée des fiançailles à l'hôtel Roderich.

X

Ainsi, plus de doute sur l'intervention de Wilhelm Storitz. Nous étions en possession d'une preuve matérielle, et nous n'étions plus réduits à de simples présomptions. Que lui ou un autre fût le coupable, c'était, en tout cas, à son profit qu'avait été accompli ce vol bizarre, dont le mobile et l'explication nous échappaient d'ailleurs.

« Doutez-vous toujours, mon cher Vidal ? » s'écria le capitaine Haralan, dont la voix tremblait de colère.

M. Stepark gardait le silence. Dans cette étrange affaire, il y avait encore une grande part d'inconnu. Si la culpabilité de Wilhelm Storitz était incontestable, on ignorait par quels moyens il avait agi, et il n'était pas certain qu'on réussît jamais à le savoir.

Pour moi, à qui le capitaine Haralan s'adressait d'une manière plus directe, je ne répondis pas. Qu'aurais-je pu répondre en effet ?...

« N'est-ce pas ce misérable, continua-t-il, qui est venu nous insulter, en nous jetant à la face ce Chant de la Haine, comme un outrage au patriotisme magyar ? Vous ne l'avez pas vu, mais vous l'avez entendu !... Il était là, s'il échappait à nos regards !... Quant à cette couronne souillée par sa main, je ne veux pas qu'il en reste une feuille !... »

M. Stepark l'arrêta, au moment où il allait la déchirer.

« N'oubliez pas que c'est une pièce à conviction, dit-il, et qui peut servir si, comme je le pense, cette affaire a des suites. »

Le capitaine Haralan lui remit la couronne, et nous descendîmes l'escalier, après avoir une dernière fois visité inutilement toutes les chambres de la maison. Les portes du perron et de la grille furent fermées à clef, les scellés y furent apposés et la maison resta en l'état d'abandon où nous l'avions trouvée. Toutefois, sur l'ordre de leur chef, deux agents demeurèrent en surveillance aux environs, Après avoir pris congé de M. Stepark, qui nous demanda de garder le secret sur cette perquisition, le capitaine Haralan et moi, nous revînmes à l'hôtel Roderich, en suivant le boulevard. Mon compagnon ne pouvait se contenir, et sa colère débordait en phrases et en gestes d'une grande violence. J'eusse vainement essayé de le calmer. J'espérais, d'ailleurs, que Wilhelm Storitz avait quitté ou quitterait la ville, lorsqu'il saurait que sa demeure avait été visitée et que la police possédait la preuve du rôle joué par lui dans cette affaire.

Je me bornai à dire :

« Mon cher Haralan, je comprends votre colère, je comprends que vous ne vouliez pas laisser impunies ces insultes. Mais n'oubliez pas que M. Stepark nous a demandé le secret.

– Et mon père ?... Et votre frère ?... Ne vont-ils pas s'informer du résultat de la perquisition ?

– Évidemment, mais nous leur répondrons tout simplement que nous n'avons pu rencontrer Wilhelm Storitz, et qu'il ne doit plus être à Ragz, ce qui me paraît probable, d'ailleurs.

– Vous ne direz pas que la couronne a été découverte chez lui ?

– Si, mieux vaut qu'ils le sachent. Mais inutile d'en parler à votre mère et à votre sœur. À quoi bon aggraver leurs inquiétudes ? À votre place, je dirais que la couronne a été retrouvée dans le jardin de l'hôtel et je la rendrais à votre sœur. »

Malgré sa répugnance, le capitaine Haralan convint que j'avais raison, et il fut convenu que j'irais chercher la couronne chez M. Stepark, qui ne refuserait sans doute pas de s'en dessaisir.

Cependant, il me tardait d'avoir revu mon frère, de l'avoir mis au courant, et il me tardait plus encore que son mariage fût accompli.

Dès notre arrivée à l'hôtel, le domestique nous introduisit dans le cabinet où le docteur nous attendait avec Marc. Leur impatience était extrême, et nous fûmes interrogés avant même d'avoir franchi la porte.

Quelles furent leur surprise, leur indignation, au récit de ce qui venait de se passer dans la maison du boulevard Tékéli ! Mon frère ne parvenait pas à se maîtriser. Comme le capitaine Haralan, il voulait châtier Wilhelm Storitz avant que la justice fût intervenue. En vain je lui objectai que son ennemi avait sûrement quitté la ville.

« S'il n'est pas à Ragz, s'écriait-il, il est à Spremberg ! »

J'eus grand-peine à le modérer, et il fallut que le docteur joignît ses instances aux miennes.

« Mon cher Marc, dit le docteur, écoutez les conseils de votre frère, et laissons s'éteindre cette affaire si pénible pour notre famille. Le silence sur tout ceci, et on aura bientôt oublié. »

Mon frère, la tête entre ses mains, faisait peine à voir. Je sentais tout ce qu'il devait souffrir. Que n'aurais-je pas donné pour être plus vieux de quelques jours, pour que Myra Roderich fût enfin Myra Vidal !

Le docteur ajouta qu'il verrait le gouverneur de Ragz. Wilhelm Storitz était étranger, et son Excellence n'hésiterait pas à prendre un arrêté d'expulsion contre lui. L'urgent, c'était d'empêcher que les faits dont l'hôtel Roderich avait été le théâtre pussent se renouveler, dût-on renoncer à en donner une explication satisfaisante. Quant à croire que Wilhelm Storitz disposât, comme il s'en était vanté, d'un pouvoir surhumain, personne ne pouvait l'admettre.

En ce qui concerne Mme Roderich et sa fille, je fis valoir les raisons qui commandaient un silence absolu. Elles ne devaient savoir, ni que la police eût agi, ni qu'elle eût démasqué Wilhelm Storitz.

Ma proposition relative à la couronne fut acceptée. Marc l'aurait, par hasard, retrouvée dans le jardin de l'hôtel. Il serait ainsi démontré que tout cela provenait d'un mauvais plaisant, que l'on finirait par découvrir et que l'on châtierait comme il le méritait.

Le jour même, je retournai à la Maison de Ville, où je réclamai la couronne à M. Stepark. Il consentit à me la remettre, et je la rapportai à l'hôtel.

Le soir, nous étions réunis dans le salon avec Mme Roderich et sa fille, lorsque Marc, après s'être absenté un instant, rentra en disant :

« Myra... ma chère Myra... voyez ce que je vous rapporte !...

– Ma couronne !... s'écria Myra, en s'élançant vers mon frère.

– Oui, répondit Marc, là... dans le jardin... je l'ai trouvée derrière un massif où elle était tombée.

– Mais comment ?... comment ?... répétait Mme Roderich.

– Comment ? répondait le docteur. Un intrus qui s'était introduit parmi nos invités. Il ne faut plus penser à cette absurde aventure.

– Merci, merci, mon cher Marc », dit Myra, tandis qu'une larme coulait de ses yeux.

Les journées qui suivirent n'amenèrent aucun nouvel incident. La ville reprenait sa tranquillité habituelle. Rien n'avait transpiré de la perquisition opérée dans la maison du boulevard Tékéli, et personne ne prononçait le nom de

Wilhelm Storitz. Il n'y avait plus qu'à attendre patiemment – ou plutôt impatiemment – le jour où serait célébré le mariage de Marc et de Myra Roderich.

Je consacrai tout le temps que me laissait mon frère à différentes promenades aux environs de Ragz. Quelquefois, le capitaine Haralan m'accompagnait. Il était rare alors que nous ne prissions pas le boulevard Tékéli pour sortir de la ville. Visiblement, la maison suspecte l'attirait. D'ailleurs, cela nous permettait de voir qu'elle était toujours déserte, et toujours gardée par deux agents. Si Wilhelm Storitz avait paru, la police aurait été immédiatement avertie de son retour et on l'eût mis en état d'arrestation.

Mais nous eûmes bientôt une preuve de son absence et la certitude qu'on ne pouvait, actuellement du moins, le rencontrer dans les rues de Ragz.

En effet, convoqué le 29 mai par M. Stepark, j'appris de sa bouche que la cérémonie d'anniversaire d'Otto Storitz avait eu lieu, le 25, à Spremberg. La cérémonie avait attiré, paraît-il, un nombre considérable de spectateurs, non seulement la population de Spremberg, mais aussi des milliers de curieux venus des villes voisines et même de Berlin. Le cimetière n'avait pu contenir une telle foule. De là, accidents multiples, quelques personnes étouffées, lesquelles trouvèrent, le lendemain, dans le cimetière une place qu'elles n'avaient pu y trouver ce jour-là.

On ne l'a pas oublié, Otto Storitz avait vécu et était mort en pleine légende. Tous ces superstitieux s'attendaient à quelque prodige posthume. Des phénomènes fantastiques devaient s'accomplir à cet anniversaire. À tout le moins, le savant Prussien sortirait de sa tombe, et il ne serait pas surprenant qu'à ce moment l'ordre universel fût singulièrement dérangé. La terre, modifiant son mouvement sur son axe, se mettrait à tourner de l'Est à l'Ouest, rotation anormale dont les conséquences amèneraient un bouleversement universel du système solaire !... Etc.

Tels étaient les bruits qui couraient la foule. Toutefois, en dernière analyse, les choses s'étaient passées de la manière la plus régulière. La pierre tombale ne s'était pas soulevée. Le mort n'avait point quitté sa demeure sépulcrale, et la terre avait continué de se mouvoir suivant les règles établies depuis le commencement du monde.

Mais, ce qui nous touchait davantage, c'est que le fils d'Otto Storitz assistait en personne à cette cérémonie. C'était la preuve matérielle qu'il avait effectivement quitté Ragz. J'espérais, quant à moi, que c'était avec la formelle intention de n'y plus jamais revenir.

Je m'empressais de communiquer cette nouvelle à Marc et au capitaine Haralan.

Cependant, bien que le bruit de cette affaire se fût notablement assoupi, le gouverneur de Ragz ne laissait pas de s'en inquiéter encore. Que les prodigieux phénomènes, dont personne n'avait pu donner une explication plausible, fussent dus à quelque tour d'adresse merveilleusement exécuté ou à toute autre cause, ils n'en avaient pas moins troublé la ville, et il convenait d'empêcher qu'ils vinssent à se renouveler.

Qu'on ne s'étonne donc pas si son Excellence fut vivement impressionnée, lorsque le chef de police lui fit connaître la situation de Wilhelm Storitz vis-à-vis de la famille Roderich et quelles menaces il avait proférées !

Aussi, lorsque le gouverneur connut les résultats de la perquisition, résolut-il de sévir contre cet étranger. En somme, il y avait eu vol, vol commis par Wilhelm Storitz, ou à son profit par un complice. Si donc il n'eût pas quitté Ragz, on l'aurait arrêté, et, une fois entre les quatre murs d'une prison, il n'est pas probable qu'il en eût pu sortir sans être vu, comme il était entré dans les salons de l'hôtel Roderich.

C'est pourquoi, le 30 mai, la conversation suivante s'engagea entre son Excellence et M. Stepark.

«Vous n'avez rien appris de nouveau ?

– Rien, monsieur le gouverneur.

– Il n'y a aucune raison de croire que Wilhelm Storitz ait l'intention de revenir à Ragz ?

– Aucune.

– Sa maison est toujours surveillée ?

– Jour et nuit.

– J'ai dû écrire à Budapest, reprit le gouverneur, à propos de cette affaire dont le retentissement a été plus considérable peut-être qu'elle ne le mérite, et je suis invité à prendre des mesures pour y mettre fin.

– Tant que Wilhelm Storitz n'aura pas reparu à Ragz, répondit le chef de police, il n'y aura rien à craindre de lui, et nous savons de source certaine qu'il était à Spremberg le 25.

– En effet, monsieur Stepark, mais il peut être tenté de reparaître ici, et c'est cela qu'il faut empêcher.

– Rien de plus facile, monsieur le gouverneur. Comme il s'agit d'un étranger, il suffira d'un arrêté d'expulsion…

– Un arrêté, interrompit le gouverneur, qui lui interdira, non seulement la ville de Ragz, mais tout le territoire austro-hongrois.

– Dès que j'aurai cet arrêté, monsieur le gouverneur, répondit le chef de police, je le ferai signifier à tous les postes de la frontière. »

L'arrêté fut signé séance tenante, et le territoire du royaume interdit à Wilhelm Storitz.

Ces mesures étaient de nature à rassurer le docteur, sa famille, ses amis. Mais nous étions loin d'avoir pénétré les secrets de cette affaire, et plus loin encore d'imaginer les péripéties qu'elle nous réservait.

XI

La date du mariage approchait. Bientôt, le soleil du 1er juin, date définitivement choisie, se lèverait sur l'horizon de Ragz.

Je constatais, non sans une vive satisfaction, que Myra, si impressionnable qu'elle fût, semblait n'avoir pas gardé souvenir de ces inexplicables incidents. Il est vrai que le nom de Wilhelm Storitz n'avait jamais été prononcé ni devant elle, ni devant sa mère.

J'étais son confident. Elle me parlait de ses projets d'avenir, sans trop savoir s'ils se réaliseraient. Marc et elle iraient-ils s'installer en France ? Oui, mais pas immédiatement. Se séparer de son père et de sa mère serait pour elle un trop gros chagrin.

« Mais, disait-elle, il n'est question maintenant que d'aller pour quelques semaines à Paris, où vous nous accompagnerez, n'est-ce pas ?

– Certes !... À moins que vous ne vouliez pas de moi, cependant.

– C'est que, deux nouveaux époux, c'est une assez maussade compagnie en voyage.

– Je tâcherai de m'y faire », répondis-je d'un ton résigné.

Le docteur approuvait ce départ. Quitter Ragz un mois ou deux, cela valait mieux à tous égards. Sans doute Mme Roderich serait très affectée de l'absence de sa fille, mais elle aurait le bon sens de s'y résigner.

De son côté, pendant les heures qu'il passait près de Myra, Marc oubliait, ou plutôt il s'efforçait d'oublier. Par contre, lorsqu'il se retrouvait seul avec moi, il lui revenait des craintes que j'essayais vainement de dissiper.

Invariablement, il me disait :

« Tu ne sais rien de nouveau, Henri ?

– Rien, mon cher Marc », répondais-je non moins invariablement, et c'était la pure vérité. Un jour, il crut devoir ajouter :

« Si tu savais quelque chose, si, en ville, ou par M. Stepark, tu entendais parler...

– Je t'avertirais, Marc.

– Je t'en voudrais de me cacher quoi que ce soit.

– Je ne te cacherai rien, sois tranquille. Mais je t'assure qu'on ne s'occupe plus de cette affaire. Jamais la ville n'a été plus calme. Les uns vont à leurs affaires, les autres à leurs plaisirs, et les cours du marché se maintiennent en grande hausse.

– Tu plaisantes, Henri...

– C'est pour te prouver que je n'ai plus aucune appréhension.

– Et pourtant, dit Marc dont le visage s'assombrit, si cet homme...

– Bah ! il n'est pas si bête. Il se doute bien qu'il serait arrêté s'il mettait le pied sur le territoire austro-hongrois, et il y a en Allemagne nombre de foires où il aura l'occasion d'exercer ses talents de bateleur.

– Ainsi, cette puissance dont il parle…

– C'est bon pour les enfants, cela !

– Tu n'y crois pas ?

– Pas plus que tu n'y crois toi-même. Donc, mon cher Marc, borne-toi à compter les heures, à compter les minutes qui te séparent du grand jour… Tu n'as rien de mieux à faire, sinon recommencer le calcul quand il est fini.

– Ah ! mon ami !… s'écria Marc tristement.

– Tu n'es pas raisonnable, Marc. Myra l'est plus que toi.

– C'est qu'elle ne sait pas ce que je sais.

– Ce que tu sais ?… Parbleu, tu sais que le personnage en question n'est plus à Ragz, qu'il ne peut y revenir, que nous ne le reverrons jamais, entends-tu bien ! Si cela ne suffit pas à te tranquilliser !…

– Que veux-tu, Henri, j'ai des pressentiments… Il me semble…

– C'est insensé, mon pauvre Marc ! Tiens ! crois-moi, retourne près de Myra. Cela te fera voir la vie plus en rose.

– Oui, tu as raison. Je ne devrais jamais la quitter, pas un instant ! »

Pauvre frère ! Il me faisait mal à voir, mal à entendre. Ses craintes s'accroissaient à mesure que s'approchait le jour de son mariage. Et, moi-même, pour être franc, j'attendais ce jour avec une involontaire angoisse.

D'autre part, si je pouvais compter sur Myra, sur son influence pour calmer mon frère, je ne savais plus quel moyen employer à l'égard du capitaine Haralan.

Le jour où il avait appris que Wilhelm Storitz était à Spremberg, ce n'était pas sans peine que j'étais parvenu à empêcher son départ. Il n'y a guère que deux cents lieues tout au plus entre Spremberg et Ragz. En quatre jours cette distance peut être franchie. Enfin, nous l'avions retenu, mais, malgré les raisons que son père et moi nous faisions valoir, en dépit de l'évidente utilité de laisser cette affaire tomber dans l'oubli, il y revenait sans cesse, et je craignais toujours qu'il ne nous échappât.

Un matin, il vint me trouver, et, dès le début de la conversation, je compris qu'il avait résolu de partir.

« Vous ne ferez pas cela, mon cher Haralan, déclarai-je, vous ne le ferez pas… Une rencontre entre ce Prussien et vous est impossible. Je vous supplie de ne pas quitter Ragz.

– Mon cher Vidal, me répondit le capitaine d'un ton qui indiquait une résolution farouche, il faut que ce misérable soit puni.

– Et il le sera tôt ou tard, n'en doutez pas ! m'écriai-je. Mais la seule main qui doive s'abattre sur lui, c'est la main de la police. »

Le capitaine Haralan sentait que j'avais raison. Toutefois, il ne voulait pas se rendre.

« Mon cher Vidal, répondit-il d'un ton qui ne laissait pas d'espoir, nous ne voyons pas, nous ne pouvons voir les choses de la même façon. Ma famille, qui va devenir celle de votre frère, a été outragée, et je ne tirerais pas vengeance de ces outrages ?…

– Non, c'est à la justice de le faire.

– Comment le ferait-elle, si cet homme ne revient pas ?... Or, le gouverneur a signé ce matin un arrêté d'expulsion qui rend impossible le retour de Storitz. Il faut donc que j'aille où il est, où il doit être du moins, à Spremberg.

– Soit, répliquai-je, en dernier argument, mais attendez au moins le mariage de votre sœur. Encore quelques jours de patience et, alors, je serai le premier à vous conseiller de partir. Je vous accompagnerai même à Spremberg. »

Je le pressai avec tant de chaleur que l'entretien se termina par sa promesse formelle qu'il se ferait violence, à la condition que, le mariage célébré, je ne m'opposerais plus à son projet, et que je partirais avec lui.

Elles allaient me paraître interminables, les heures qui nous séparaient du 1er juin. Car en somme, tout en regardant comme un devoir de rassurer les autres, je n'étais pas sans éprouver quelques inquiétudes. Aussi m'arrivait-il souvent de remonter ou de descendre le boulevard Tékéli, poussé par je ne sais quel pressentiment.

La maison Storitz était toujours telle qu'on l'avait laissée après la descente de police, portes fermées, fenêtres closes, cour et jardin déserts. Sur le boulevard, quelques agents dont la surveillance s'étendait jusqu'au parapet des anciennes fortifications et sur la campagne environnante. Aucune tentative pour rentrer dans cette maison n'avait été faite ni par le maître, ni par le serviteur. Et pourtant, ce que c'est que l'obsession, malgré tout ce que je disais à Marc et au capitaine Haralan, en dépit de ce que je me disais à moi-même, j'aurais vu une fumée s'échapper de la cheminée du laboratoire, une figure apparaître derrière les vitres du belvédère, je n'en eusse pas été surpris.

En réalité, alors que la population ragzienne, revenue de sa première épouvante, ne parlait plus de cette affaire, c'était le docteur Roderich, c'était mon frère, c'était le capitaine Haralan, c'était moi-même que hantait le fantôme de Wilhelm Storitz.

Ce jour-là, 30 mai, afin de me distraire dans l'après-midi, je me dirigeai vers le pont de l'île Svendor pour gagner la rive droite du Danube.

Avant d'arriver au pont, je passai devant le débarcadère au moment où une gabare à passagers arrivait de l'amont.

Alors revinrent à ma mémoire les incidents de mon voyage, ma rencontre avec cet Allemand, son attitude provocante, le sentiment d'antipathie qu'il m'avait inspiré à première vue, puis, quand je le croyais débarqué à Vukovar, les paroles qu'il avait prononcées. Car c'était bien lui qui les avait prononcées, ces paroles menaçantes. J'avais reconnu sa voix dans le salon de l'hôtel Roderich. Même articulation, même dureté, même rudesse teutonne.

Sous l'empire de ces idées, je regardais un à un les passagers qui s'arrêtaient à Ragz. Je cherchais la pâle figure, les yeux étranges, la physionomie diabolique de ce personnage... Mais, comme on dit, j'en fus pour ma peine.

À six heures, j'allai, suivant mon habitude, prendre place à la table de famille. Mme Roderich me sembla mieux portante, à peu près remise de ses émotions. Mon frère oubliait tout auprès de Myra, à la veille du jour où elle serait sa femme. Le capitaine Haralan lui-même paraissait plus calme, quoique un peu sombre.

J'étais décidé à faire l'impossible pour animer ce petit monde et dissiper les derniers nuages du souvenir. Je fus heureusement secondé par Myra, charme et joie de cette soirée qui se prolongea assez tard. Sans se faire prier, elle se mit au clavecin, et nous chanta de vieilles chansons magyares, comme pour effacer cet abominable Chant de la Haine, qui avait retenti dans ce salon.

Au moment de nous retirer, elle me dit en souriant :

« Demain, monsieur Henri, n'allez pas oublier...

– Oublier, mademoiselle ?... répondis-je sur le ton plaisant qu'elle venait de prendre.

– Oui, oublier que c'est le jour de l'audience du gouverneur, du « baillage de licence », pour employer l'expression consacrée.

– Ah ! vraiment ! c'est demain !...

– Et que vous êtes un des témoins de votre frère...

– Vous avez raison de me le rappeler, mademoiselle Myra. Témoin de mon frère !... Je ne m'en souvenais déjà plus.

– Cela ne m'étonne pas. J'ai remarqué que vous aviez parfois des distractions...

– Je m'en accuse, mais je n'en aurai pas demain, je vous le promets... Et pourvu que Marc n'en ait pas plus que moi...

– Je réponds de lui. Ainsi donc, à quatre heures précises.

– Quatre heures, mademoiselle Myra ?... Et moi qui croyais que c'était à cinq heures et demie !... Soyez donc sans crainte. Je serai là à quatre heures moins dix.

– Bonsoir !... Bonsoir au frère de Marc, qui va devenir le mien.

– Bonsoir, mademoiselle Myra, bonsoir ! »

Le lendemain, Marc eut quelques courses à faire dans la matinée. Il me parut avoir repris toute sa tranquillité, et je le laissai aller seul.

De mon côté, d'ailleurs, par surcroît de prudence, et pour avoir, si c'était possible, la certitude que Wilhelm Storitz n'avait pas été revu à Ragz, je me rendis à la Maison de Ville.

À M. Stepark, auprès de qui je fus immédiatement introduit, je demandai s'il avait quelque nouvelle information.

« Aucune, monsieur Vidal, me répondit-il, vous pouvez être certain que notre homme n'a pas reparu à Ragz.

– Est-il encore à Spremberg ?

– Tout ce que je puis affirmer, c'est qu'il y était encore, il y a quatre jours.

– Vous en avez reçu l'avis ?

– Oui, par un courrier de la police allemande, qui me confirme le fait.

– Cela me rassure.

– Et moi, cela m'ennuie, monsieur Vidal. Ce diable d'homme – et diable est le mot – me paraît peu disposé à jamais franchir la frontière.

– C'est tant mieux, monsieur Stepark !

– C'est tant mieux pour vous, mais, comme policier, j'aurais aimé à lui mettre la main au collet, à tenir cette espèce de sorcier entre quatre murs !... Enfin, plus tard, peut-être...

– Oh ! plus tard, après le mariage, tant que vous voudrez, monsieur Stepark. »

Je me retirai en remerciant le chef de police.

À quatre heures de l'après-midi, nous étions réunis dans le salon de l'hôtel Roderich. Deux carrosses attendaient sur le boulevard Tékéli, – l'un pour Myra, son père, sa mère et un ami de la famille, le juge Neuman, l'autre pour Marc, le capitaine Haralan, un de ses camarades, le lieutenant Armgard, et moi. M. Neuman et le capitaine Haralan étaient les témoins de la mariée, le lieutenant Armgard et moi, ceux de Marc.

Ainsi que le capitaine Haralan me l'avait expliqué, il ne s'agissait pas, ce jour-là, de procéder au mariage proprement dit, mais à une cérémonie préparatoire en quelque sorte. C'est seulement après en avoir reçu l'autorisation du gouverneur, que le mariage pourrait être célébré le lendemain à la cathédrale. Jusque-là, les fiancés, s'ils n'étaient pas mariés au sens parfait du mot, n'en seraient pas moins fortement liés l'un à l'autre, puisque, dans le cas où un obstacle imprévu viendrait ensuite empêcher l'union projetée, ils seraient condamnés à un célibat perpétuel.

Il serait possible de retrouver dans la féodalité française quelques traces de cette coutume, qui a quelque chose de paternel, puisque le chef paraît ainsi se considérer comme le père des citoyens, et qui s'était perpétuée à Ragz jusqu'à nos jours.

La jeune fiancée portait une robe charmante et de bon goût, Mme Roderich une toilette très simple bien que très riche. Le docteur et le juge étaient, comme mon frère et moi, en habit de cour, et les deux officiers en uniforme de grande tenue.

Quelques personnes attendaient sur le boulevard la sortie des voitures, femmes et jeunes filles du peuple, dont un mariage excite toujours la curiosité. Mais, il était probable que le lendemain, à la cathédrale, la foule serait considérable, juste hommage rendu à la famille Roderich.

Les deux carrosses franchirent la porte principale de l'hôtel, tournèrent le coin du boulevard, suivirent le quai Batthyani, la rue du Prince-Miloch, la rue Ladislas, et arrivèrent à la grille du palais du gouverneur.

Les curieux se trouvaient en plus grand nombre sur la place et dans la cour du palais. Peut-être, après tout, le souvenir des premiers incidents les avait-il attirés. Peut-être se demandaient-ils si un nouveau phénomène n'allait pas s'accomplir.

Les voitures pénétrèrent dans la cour d'honneur et stationnèrent devant le perron.

Un instant après, Mlle Myra au bras de son père, Mme Roderich au bras de M. Neuman, puis Marc, le capitaine Haralan, le lieutenant Armgard et moi, nous avions pris place dans la salle des fêtes, éclairée de hautes fenêtres à vitraux de couleur et boisée de panneaux sculptés du plus grand prix. Au centre, une large table portait deux magnifiques corbeilles de fleurs.

En qualité de père et de mère, M. et Mme Roderich vinrent s'asseoir de chaque côté des fauteuils réservés aux fiancés. En arrière, prirent place les quatre témoins, M. Neuman et le capitaine Haralan à gauche, le lieutenant Armgard et moi, à droite.

Un maître des cérémonies annonça le gouverneur. Tout le monde se leva à son entrée.

Celui-ci s'assit sur son trône, puis demanda aux parents s'ils consentaient au mariage de leur fille avec Marc Vidal.

Ce fut ensuite aux deux fiancés que le gouverneur posa les questions d'usage :

« Marc Vidal, promettez-vous de prendre Myra Roderich pour épouse ?

– Je le jure, répondit mon frère, à qui on avait fait la leçon.

– Myra Roderich, promettez-vous de prendre Marc Vidal pour époux ?

– Je le jure, répondit Mlle Myra.

– Nous, gouverneur de Ragz, prononça alors Son Excellence, en vertu des pouvoirs qui nous ont été conférés par l'Impératrice-Reine, et conformément aux franchises séculaires de la ville de Ragz, baillons licence de mariage à Marc Vidal et à Myra Roderich. Voulons et ordonnons que ledit mariage soit célébré dès demain, en la forme régulière, dans l'église cathédrale de la ville. »

Ainsi s'étaient passées les choses dans leur simplicité habituelle. Aucun prodige n'avait troublé l'audience, et, bien que cette idée m'eût un instant traversé l'esprit, ni l'acte sur lequel furent apposées les signatures ne fut déchiré, ni les plumes arrachées de la main des mariés ou des témoins.

Décidément, Wilhelm Storitz était à Spremberg – il pouvait y rester pour la joie de ses compatriotes ! – ou, s'il était à Ragz, c'est alors qu'il avait épuisé son pouvoir.

Maintenant, que ce sorcier surfait le voulût ou non, Myra Roderich serait la femme de Marc Vidal, ou elle ne le serait de personne.

Nous étions au 1er juin. Cette date si impatiemment attendue, il avait semblé qu'elle n'arriverait jamais !

Nous y étions enfin. Quelques heures encore, et la cérémonie du mariage allait s'accomplir à la cathédrale de Ragz.

L'appréhension qu'avait pu laisser dans notre esprit le souvenir des inexplicables incidents qui remontaient alors à une douzaine de jours, s'était entièrement effacée après l'audience du gouverneur.

Je me levai de bonne heure. Mais si pressé que je fusse, Marc l'était plus encore, et il m'avait devancé. Je n'avais pas fini de m'habiller lorsqu'il entra chez moi.

Il était déjà en tenue de marié. Il rayonnait de bonheur, et pas une ombre n'obscurcissait ce rayonnement. Il m'embrassa avec effusion, et je le pressai sur mon cœur.

« Myra, me dit-il, m'a recommandé de te rappeler…

– Que c'est pour aujourd'hui, répondis-je en riant. Eh bien, dis-lui que si je n'ai pas manqué l'heure de l'audience du gouverneur, je ne manquerai pas celle de la cathédrale. Hier, j'ai réglé ma montre sur le beffroi. Mais toi-même, mon cher Marc, tâche de ne pas te faire attendre ! Tu sais que ta présence est indispensable, et qu'on ne pourrait commencer sans toi ! »

Il me quitta, et je me hâtai d'achever ma toilette, bien qu'il fût à peine neuf heures du matin.

Nous avions pris rendez-vous à l'hôtel. C'est de là que devaient partir les voitures. Ne fût-ce que pour mettre mon exactitude en valeur, j'arrivai plus tôt qu'il ne fallait – ce qui me vaudrait un joli sourire de la mariée –, et je m'installai dans le salon.

L'une après l'autre se présentèrent les personnes – disons les personnages, étant donné la solennité de la circonstance – qui avaient figuré la veille à la cérémonie du palais. Tous étaient, comme la veille, en costumes de gala. Les deux officiers portaient croix et médailles sur leurs splendides uniformes du régiment des Confins militaires.

Myra Roderich, – et pourquoi ne dirais-je pas Myra Vidal, puisque les deux fiancés étaient déjà liés en fait par l'ordonnance du gouverneur – Myra, en toilette blanche, robe de moire à traîne, corsage brodé de fleurs d'oranger, était habillée à ravir. À son côté s'épanouissait le bouquet de mariée, et sur sa chevelure blonde reposait la couronne nuptiale, d'où retombait en longs plis son voile de tulle blanc. Cette couronne, c'était celle que lui avait rapportée mon frère. Elle n'en avait pas voulu d'autre.

En entrant dans le salon avec sa mère, elle vint vers moi et me tendit la main. Je la lui serrai affectueusement, fraternellement. Puis, la joie éclatant dans ses yeux :

« Ah ! frère, s'écria-t-elle, que je suis heureuse ! »

Ainsi, des vilains jours passés, des tristes épreuves auxquelles avait été soumise cette honnête famille, il ne restait aucune trace. Il n'était pas jusqu'au capitaine Haralan qui ne parût avoir tout oublié. La preuve en est qu'il me dit en me serrant la main :

« Non… N'y pensons plus ! »

Voici quel était le programme de cette journée, programme qui avait reçu l'approbation générale. À dix heures moins le quart, départ pour la cathédrale, où le gouverneur de Ragz, les autorités et les notabilités de la ville se trouveraient à l'arrivée des jeunes époux. Présentations et compliments, après la messe de mariage, à la signature des actes dans la sacristie de Saint-Michel. Retour pour le déjeuner qui devait réunir une cinquantaine de convives. Le soir, dans les salons de l'hôtel, fête pour laquelle avaient été envoyées près de deux cents invitations.

Les carrosses furent occupés de la même manière que la veille : le premier par la mariée, le docteur, Mme Roderich et M. Neuman ; le second par Marc et les trois autres témoins. En revenant de la cathédrale, Marc et Myra Vidal, à jamais unis, prendraient place dans la même voiture. D'autres équipages étaient allés chercher les personnes qui devaient composer le cortège.

À neuf heures trois quarts, les voitures quittèrent l'hôtel Roderich et suivirent le quai Batthyani. Après avoir atteint la place Magyare, elles la traversèrent et remontèrent le beau quartier de Ragz, par la rue du Prince-Miloch.

Le temps était superbe, le ciel égayé des rayons du soleil. Sous les galeries de la rue, les passants en grand nombre se dirigeaient vers la cathédrale. Tous les regards de sympathie et d'admiration pour la jeune mariée, et je dois constater que mon cher Marc en eut aussi sa part. Les fenêtres laissaient apercevoir des visages souriants, et de partout il tombait des saluts auxquels on n'eût pas suffi à répondre.

« Ma foi, dis-je, j'emporterai de cette ville d'agréables souvenirs !

– Les Hongrois honorent en vous cette France qu'ils aiment, monsieur Vidal, me répondit le lieutenant Armgard, et ils sont heureux d'une union qui fait entrer un Français dans la famille Roderich. »

En approchant de la place, il fallut marcher au pas des attelages, tant la circulation devenait difficile.

Des tours de la cathédrale s'échappait la joyeuse volée des cloches que la brise de l'Est emportait toute vibrante, et, un peu avant dix heures, le carillon du beffroi mêla ses notes aiguës aux voix sonores de Saint-Michel.

Il était exactement dix heures cinq, quand nos deux carrosses vinrent s'arrêter aux pieds des marches, devant le portail central ouvert à deux battants.

Le docteur Roderich descendit le premier, puis sa fille, qui lui prit le bras. M. Neuman offrit le sien à Mme Roderich. Nous sautâmes aussitôt à terre et nous avançâmes, à la suite de Marc, entre les rangs des spectateurs qui s'échelonnaient le long du parvis.

À ce moment, les grandes orgues résonnèrent à l'intérieur, et c'est aux sons de leurs majestueux accords que le cortège pénétra dans l'église.

Marc et Myra se dirigèrent vers les deux fauteuils placés côte à côte devant le grand autel. Derrière eux, les parents et les témoins trouvèrent les sièges qui leur étaient destinés.

Toutes les chaises et les stalles du chœur étaient déjà occupées par une nombreuse réunion, le gouverneur de Ragz, les magistrats, les officiers de la garnison, le bailli et les syndics, les principaux fonctionnaires de l'administration, les amis de la famille, les notables de l'industrie et du commerce. Aux dames, en brillantes toilettes, des places spéciales avaient été aussi réservées le long des stalles, et il n'en restait pas une de libre.

Derrière les grilles du chœur, un chef-d'œuvre de la serrurerie du XIIIe siècle, se pressait la foule des curieux. Quant aux personnes qui n'avaient pu s'en approcher, elles s'étaient casées dans la grande nef dont toutes les chaises étaient prises.

Dans les contre-nefs du transept, dans les bas-côtés, était tassé le populaire, qui refluait jusque sur les marches du parvis.

Si quelques-uns des assistants conservaient à ce moment le souvenir des phénomènes qui avaient troublé la ville, pouvait-il leur venir à la pensée qu'on les verrait se reproduire à la cathédrale ? Non, évidemment, pour peu qu'ils les eussent attribués à une intervention démoniaque, car ce n'était pas dans une église que cette intervention aurait pu s'exercer. La puissance du Diable ne s'arrête-t-elle pas, en effet, au seuil du sanctuaire ?

Un mouvement se fit à droite du chœur, et la foule dut s'ouvrir pour livrer passage à l'archiprêtre, au diacre, au sous-diacre, aux bedeaux, aux enfants de la maîtrise.

L'archiprêtre s'arrêta devant les marches de l'autel, s'inclina, et dit les premières phrases de l'Introït, tandis que les chantres entonnaient les versets du Confiteor.

Myra était agenouillée sur le coussin de son prie-Dieu, la tête baissée, dans une attitude fervente. Marc se tenait debout près d'elle, et ses yeux ne la quittaient pas.

La messe était dite avec toute la pompe dont l'église catholique a voulu entourer ses cérémonies solennelles.

L'orgue alternait avec le plain-chant des Kyrie et les strophes du Gloria in Excelsis, qui éclataient sous les hautes voûtes.

Il se produisait parfois un vague bruit de foule remuante, de chaises déplacées, de sièges rabattus, que scandaient les pas des officiers de l'église veillant à ce que le passage de la grande nef demeurât libre sur toute sa longueur.

D'ordinaire, l'intérieur de la cathédrale est plongé dans une pénombre où l'âme se livre avec plus d'abandon aux impressions religieuses. À travers les anciens vitraux où se dessine en couleurs somptueuses la silhouette des personnages bibliques, par les étroites fenêtres du style ogival de la première époque, par les verrières latérales, il ne vient qu'un jour incertain. Pour peu que le temps soit couvert, la grande nef, les bas-côtés, l'abside, restent sombres, et cette mystique obscurité n'est piquée que des pointes de feu qui brillent au sommet des longs cierges de l'autel.

Aujourd'hui, il en était autrement. Sous ce magnifique soleil, les fenêtres tournées vers l'Est et la rosace du transept s'embrasaient. Un faisceau de rayons, traversant une des baies de l'abside, tombait directement sur la chaire suspendue à l'un des piliers de la nef, et semblait animer la face tourmentée du géant qui la soutient de ses énormes épaules.

Lorsque la sonnette se fit entendre, l'assistance se leva ; et, aux mille bruits qui en résultèrent, succéda le silence, pendant que le diacre lut en psalmodiant l'Évangile de saint Matthieu.

Puis l'archiprêtre, se retournant, adressa une allocution aux fiancés. Il parlait d'une voix un peu faible, la voix d'un vieillard couronné de cheveux blancs. Il dit des choses très simples qui devaient aller au cœur de Myra. Il fit l'éloge de ses vertus familiales, de la famille Roderich, de son dévouement envers les malheureux et de son inépuisable charité. Il sanctifia ce mariage qui unissait un Français et une Hongroise, et il appela la bénédiction céleste sur les nouveaux époux.

L'allocution terminée, le vieux prêtre, tandis que le diacre et le sous-diacre reprenaient place à ses côtés, se retourna vers l'autel pour les prières de l'offertoire.

Si je note pas à pas les détails de cette messe nuptiale, c'est qu'ils sont restés profondément gravés dans mon esprit, c'est que leur souvenir ne devait jamais s'effacer de ma mémoire.

Alors, de la tribune de l'orgue s'éleva une voix superbe, accompagnée d'un quatuor d'instruments à cordes. Un ténor très en renom dans le monde magyar chantait l'hymne de l'offrande.

Marc et Myra quittèrent leurs fauteuils et vinrent se placer devant les marches de l'autel. Et là, après que le sous-diacre eut reçu leur riche aumône, ils appuyèrent leurs lèvres, comme en un baiser, sur la patène que présentait l'officiant. Puis, ils allèrent reprendre leur place en marchant l'un près de l'autre. Jamais, non, jamais Myra n'avait paru plus rayonnante de beauté, plus auréolée de bonheur !

Ce fut alors aux quêteuses de recueillir la part des malades et des pauvres. Précédées des bedeaux, elles se glissèrent au milieu des rangs du chœur et de la nef, et on entendait le bruit des chaises déplacées, le frou-frou des robes, le bourdonnement de la foule, tandis que les piécettes tombaient dans la bourse des jeunes filles.

Enfin, l'archiprêtre, accompagné de ses deux assistants, se dirigea vers les fiancés. Il s'arrêta devant eux.

« Marc Vidal, interrogea sa voix chevrotante qui fut néanmoins entendue par tous, tant le silence était profond, consentez-vous à prendre Myra Roderich pour épouse ?

– Oui, répondit mon frère.

– Myra Roderich, consentez-vous à prendre Marc Vidal pour époux ?

– Oui », dit Myra dans un souffle. Avant de prononcer les paroles sacramentelles, l'archiprêtre reçut les alliances que lui donna mon frère et les bénit. Puis il se disposa à passer l'une d'elles au doigt de la jeune épouse... À ce moment, un cri retentit, un cri d'angoisse et d'horreur. Et voici ce que je vis, ce que mille personnes virent comme moi : Le diacre et le sous-diacre reculant en chancelant, comme repoussés par une force supérieure ; l'archiprêtre, la bouche tremblante, les traits décomposés, le regard effaré, paraissant lutter contre un fantôme invisible, et finalement s'écroulant à genoux... Puis, immédiatement après, car les événements se déroulèrent avec la rapidité de la foudre et personne n'eut le temps d'intervenir ni même de comprendre, ce furent mon frère et Myra qui tombèrent sur les dalles, à demi renversés...

Puis ce furent les alliances qui volèrent à travers la nef et dont l'une m'atteignit violemment au visage...

Et, à ce moment, voici ce que j'entendis. Mille personnes entendirent, comme moi, ces paroles prononcées d'une voix terrible, la voix que nous connaissions bien, la voix de Wilhelm Storitz :

« Malheur sur les époux... malheur !... »

À cette malédiction qui semblait venir de l'au-delà, un souffle d'épouvante passa sur la foule. De toutes les poitrines, une sourde clameur jaillit, et Myra, qui se redressait, poussant un cri déchirant, retomba évanouie entre les bras de Marc terrifié.

XIII

Les phénomènes auxquels nous avions assisté à la cathédrale de Ragz et ceux dont l'hôtel Roderich avait été le théâtre tendaient au même but. Leur origine était la même. C'est Wilhelm Storitz, lui seul, qui en était l'auteur. Admettre qu'ils fussent dus à quelque tour d'adresse ?... J'étais bien obligé de me répondre négativement. Non, ni le scandale de l'église, ni l'enlèvement de la couronne nuptiale ne pouvaient être attribués à un escamotage. J'en arrivais à supposer sérieusement que cet Allemand tenait de son père quelque secret scientifique, celui d'une découverte ignorée qui lui aurait donné le pouvoir de se rendre invisible... Pourquoi pas, après tout ?... Pourquoi certains rayons lumineux n'auraient-ils pas la propriété de traverser les corps opaques, comme si ces corps étaient translucides ?... Mais où allais-je m'égarer !... Billevesées que tout cela, billevesées dont je me gardai de rien dire à personne.

Nous avions ramené Myra sans qu'elle eût repris connaissance. On la transporta dans sa chambre, on la déposa sur son lit, mais les soins qui lui furent prodigués ne réussirent pas à la ranimer. Elle restait inerte, insensible, malgré les efforts du docteur impuissant. Toutefois, elle respirait, elle vivait. J'en étais à me demander comment elle avait pu survivre à tant d'épreuves, comment cette dernière émotion ne l'avait pas tuée.

Plusieurs des confrères du docteur Roderich étaient accourus à l'hôtel. Ils entouraient le lit de Myra, étendue sans mouvement, les paupières abaissées, la figure d'une pâleur de cire, la poitrine soulevée par les battements irréguliers du cœur, la respiration réduite à un souffle, un souffle qui pouvait s'éteindre d'un instant à l'autre !...

Marc lui tenait les mains. Il pleurait. Il la suppliait, l'appelait :

« Myra... ma chère Myra !... »

D'une voix étouffée par les sanglots, Mme Roderich, répétait en vain :

« Myra... mon enfant... Je suis là... près de toi... ta mère... »

La jeune fille ne rouvrait pas les yeux, et certainement elle ne l'entendait pas.

Cependant les médecins avaient essayé des remèdes les plus énergiques. Il sembla que la malade allait reprendre connaissance... Ses lèvres balbutièrent de vagues mot dont il fut impossible de saisir le sens, ses doigts s'agitèrent entre les mains de Marc, ses yeux se rouvrirent à demi... Mais quel regard incertain, sous ces paupières à demi relevées ! Quel regard où manquait l'intelligence !...

Marc ne le comprit que trop. Tout à coup, il recula, en poussant ce cri :

« Folle... Folle !... »

Je me précipitai sur lui et le maintins avec l'aide du capitaine Haralan, en me demandant si, lui aussi, il n'allait pas perdre la raison. Il fallut l'entraîner dans une autre pièce où les médecins luttèrent contre cette crise, dont l'issue aurait pu être fatale.

Que serait le dénouement de ce drame ? Y avait-il lieu d'espérer que Myra recouvrerait avec le temps son intelligence, que les soins triompheraient de l'égarement de son esprit, que cette folie ne serait que passagère ?

Le capitaine Haralan, lorsqu'il se retrouva seul avec moi, me dit :

« Il faut en finir !... »

En finir ?... Comment l'entendait-il ? Que Wilhelm Storitz fût revenu à Ragz, qu'il fût l'auteur de cette profanation, nous n'en pouvions douter. Mais où le rencontrer, et avait-on prise sur cet être insaisissable ?

D'autre part, à quelle impression allait s'abandonner la ville ? Voudrait-elle accepter une explication naturelle de ces faits ? Ici nous n'étions pas en France, où, à n'en pas douter, ces prodiges eussent été tournés en plaisanterie et ridiculisés par des chansons. Il devait en être tout autrement en ce pays. J'ai déjà eu l'occasion de le noter, les Magyars ont une tendance naturelle au merveilleux, et la superstition, dans la classe ignorante, est indéracinable. Pour les gens instruits, ces étrangetés ne pouvaient résulter que d'une découverte physique ou chimique. Mais, quand il s'agit d'esprits peu éclairés, tout s'explique avec l'intervention du diable, et Wilhelm Storitz allait passer pour être le diable en personne.

En effet, il ne fallait plus songer à cacher dans quelles conditions cet étranger, contre lequel le gouverneur de Ragz avait signé un arrêté d'expulsion, était mêlé à cette affaire. Ce que nous avions tenu secret jusqu'alors ne pouvait plus rester dans l'ombre, après le scandale de Saint-Michel.

Dès le lendemain, la ville fut en ébullition. On rattacha les événements de l'hôtel Roderich à ceux de la cathédrale. L'apaisement qui s'était fait dans le public fit place à de nouveaux troubles. Le lien qui unissait ces divers incidents, on le connut enfin. Ce nom de Wilhelm Storitz, dans toutes les maisons, dans toutes les familles, on ne le prononça plus sans qu'il évoquât le souvenir, on pourrait dire le fantôme d'un personnage étrange, dont l'existence s'écoulait entre les murs muets et les fenêtres closes de l'habitation du boulevard Tékéli.

Qu'on ne soit donc pas surpris si, dès que la nouvelle fut connue, la population se porta vers ce boulevard, entraînée par une force irrésistible, dont elle ne se rendait peut-être pas compte.

C'est ainsi que la foule s'était amassée dans le cimetière de Spremberg. Mais, là, les compatriotes du savant espéraient assister à quelque prodige, et aucun sentiment d'animosité ne les poussait. Ici au contraire, il y avait une explosion de haine, un besoin de vengeance, justifiés par les actes d'un être malfaisant.

Qu'on n'oublie pas, d'autre part, l'horreur que devait inspirer à cette ville si religieuse le scandale dont la cathédrale venait d'être le théâtre.

Cette surexcitation ne pouvait que s'accroître. Le plus grand nombre ne voudrait jamais accepter une explication naturelle de ces incompréhensibles phénomènes.

Le gouverneur de Ragz dut se préoccuper de ces dispositions de la ville, et enjoindre au chef de police de prendre toutes les mesures que réclamait la situation. Il fallait être prêt à se défendre contre les excès d'une panique, qui aurait pu avoir les conséquences les plus graves. En outre, à peine le nom de Wilhelm Storitz eut-il été révélé, qu'il fallut protéger la maison du boulevard Tékéli, devant laquelle se rassemblèrent des centaines d'ouvriers, de paysans, et la défendre contre l'envahissement et le pillage.

Cependant, mes idées évoluaient, et j'en arrivais à discuter sérieusement une hypothèse que j'avais, au premier abord, repoussée de piano. Si donc cette hypothèse était fondée, si un homme avait le pouvoir de se rendre invisible, ce qui était incroyable, peut-être, mais ne me paraissait décidément plus contestable, si la fable de l'anneau de Gygès à la cour du roi Candaule était devenue une réalité, c'était la tranquillité publique absolument compromise. Plus de sécurité personnelle. Puisque Wilhelm Storitz était venu à Ragz et que nul n'avait pu l'y voir, rien ne s'opposait à ce qu'il y fût encore, sans qu'on eût le moyen de s'en assurer. Autre sujet de crainte, avait-il gardé pour lui seul le secret de cette découverte que lui avait probablement léguée son père ? Son serviteur Hermann ne l'utilisait-il pas comme lui ? D'autres n'en feraient-ils pas usage à son profit ou au leur ? Qui les empêcherait dès lors de pénétrer dans les maisons quand et comme il leur plairait, de se mêler à l'existence des occupants ? L'intimité des familles n'allait-elle pas être détruite ? Pour s'être enfermé chez soi, serait-on assuré d'y être seul, assuré de n'y point être entendu, comme de n'y point être vu à moins de se tenir en une obscurité profonde ? Et, dehors, dans les rues, cette crainte perpétuelle d'être suivi, sans le savoir, par quelqu'un d'invisible, qui ne vous perd pas des yeux et peut faire de vous ce qu'il veut !... Quel moyen de se soustraire aux attentats de toutes sortes rendus si faciles ? N'était-ce pas, à bref délai, l'anéantissement de la vie sociale ?

On se rappela alors ce qui s'était passé sur la place du marché Coloman, ce dont le capitaine Haralan et moi nous avions été témoins. Un homme avait été violemment renversé, prétendait-il, par un agresseur invisible. Tout portait à croire, maintenant, que cet homme avait dit la vérité. Sans doute, il avait été heurté au passage par Wilhelm Storitz, par Hermann ou par tout autre. Chacun eut la pensée que cela pouvait lui arriver. À chaque pas, on était exposé à de pareilles rencontres.

Puis, certaines particularités revinrent à la mémoire, l'affiche des publications arrachée de son cadre à la cathédrale, et, lors de la perquisition du boulevard Tékéli, un bruit de pas entendu dans les chambres, cette fiole inopinément tombée et brisée.

Eh bien, il était là, lui, et, vraisemblablement, Hermann y était aussi. Ils n'avaient point quitté la ville aussitôt après la soirée des fiançailles, ainsi que nous le supposions, et cela expliquait l'eau savonneuse de la chambre à coucher, le feu sur le fourneau de la cuisine. Oui ! tous deux assistaient aux perquisitions faites dans la cour, dans le jardin, dans la maison, et c'est en s'enfuyant qu'ils avaient fait choir l'agent de police de garde au pied de l'escalier. Si nous avions trouvé la couronne nuptiale dans le belvédère, c'est que Wilhelm Storitz, surpris par la perquisition, n'avait pas eu le temps de l'enlever.

En ce qui me concernait, les incidents qui avaient marqué mon voyage à bord de la Dorothée, lorsque je descendais le Danube de Pest à Ragz, s'expliquaient désormais. Le passager, que je croyais débarqué à Vukovar, était toujours à bord, et on ne l'y voyait pas !...

Ainsi, me disais-je, cette invisibilité, il sait la produire instantanément. Il paraît ou disparaît à son gré, comme les magiciens grâce à leur baguette enchantée, et, en même temps que lui-même, il peut rendre invisibles les vêtements qui le couvrent, mais non pas les objets qu'il tient à la main, puisque nous avons vu le contrat et le bouquet déchirés, la couronne emportée, les alliances lancées à travers la nef. Toutefois, il ne s'agit pas ici de magie, de mots cabalistiques, d'incantations, ni de sorcellerie. Restons dans le domaine des faits matériels. Évidemment, Wilhelm Storitz possède la formule d'une composition qu'il suffit d'absorber... Laquelle ? Sans doute, celle que renfermait cette fiole brisée et qui s'est évaporée presque instantanément. Quelle est la formule de cette composition, voilà ce que nous ne savons pas, ce qu'il importerait de savoir, ce qu'on ne saura jamais peut-être !...

Quant à la personne de Wilhelm Storitz, alors même qu'elle est invisible, est-il donc impossible de la saisir ? Si elle se dérobe au sens de la vue, elle ne se dérobe pas, j'imagine, au sens du toucher. Son enveloppe matérielle ne perd aucune des trois dimensions communes à tous les corps, longueur, largeur, profondeur. Il est toujours là, en chair et en os, comme on dit. Invisible, soit, intangible, non ! Cela, c'est pour les fantômes, et nous n'avons pas affaire à un fantôme !

Que le hasard permette de le saisir par le bras, par les jambes, par la tête, si on ne le voit pas, du moins le tiendra-t-on. Et si étonnante que soit la faculté dont il dispose, elle ne lui permettra pas de passer à travers les murs d'une prison.

Ce n'était là que raisonnements, en somme acceptables, que chacun faisait probablement, mais la situation n'en restait pas moins inquiétante, la sécurité publique compromise. On ne vivait plus que dans les transes. On ne se sentait en sûreté, ni au-dehors, ni à l'intérieur des maisons, ni la nuit, ni le jour. Le moindre bruit dans les chambres, un craquement du plancher, une persienne agitée par le vent, un gémissement de la girouette sur le toit, le bourdonnement d'un insecte aux oreilles, le sifflement de la brise par une porte ou une fenêtre mal fermée, tout paraissait suspect. Pendant le va-et-vient de la vie domestique, à table pendant les repas, le soir pendant la veillée, la nuit pendant le sommeil, en admettant que le sommeil fût possible, on ne savait jamais si quelque intrus ne s'était pas introduit dans la maison, si Wilhelm Storitz ou quelque autre n'était pas là, épiant vos démarches, écoutant vos paroles, pénétrant enfin les plus intimes secrets des familles.

Sans doute, il pouvait se faire que cet Allemand eût quitté Ragz et fût retourné à Spremberg. Toutefois, en y réfléchissant – ce fut l'avis du docteur et du capitaine Haralan, et aussi celui du gouverneur et du chef de police –, pouvait-on raisonnablement admettre que Wilhelm Storitz en eût fini avec ses déplorables attaques ? S'il avait laissé le « baillage de licence » s'accomplir, c'est qu'il n'était pas encore revenu de Spremberg. Mais, le mariage même, il en avait interrompu la célébration, et, dans le cas où Myra recouvrerait la raison, ne chercherait-il pas à l'empêcher encore ? Pourquoi la haine qu'il avait vouée à la famille Roderich serait-elle éteinte, puisqu'elle n'était pas satisfaite ? Les menaces qui avaient retenti dans la cathédrale ne répondaient-elles pas éloquemment à ces questions ?

Non, le dernier mot de cette affaire n'était pas dit, et on était en droit de tout craindre en pensant aux moyens dont disposait cet homme pour la réalisation de ses projets de vengeance.

En effet, si surveillé jour et nuit que fût l'hôtel Roderich, ne parviendrait-il pas à s'y introduire ? Une fois dans l'hôtel, n'agirait-il pas comme il lui conviendrait ?

On peut juger, d'après cela, de l'obsession des esprits, aussi bien de ceux qui se maintenaient dans le domaine des faits positifs, que de ceux qui s'abandonnaient aux exagérations d'une imagination superstitieuse.

Mais enfin, existait-il un remède à cette situation ? Je n'en voyais aucun, je l'avoue. Le départ de Marc et de Myra ne l'eût pas changée. Wilhelm Storitz n'avait-il pas, en effet, le pouvoir de les suivre en toute liberté ? Sans compter que l'état dans lequel se trouvait Myra ne lui permettait guère de quitter Ragz.

Pour l'instant, où était-il, notre insaisissable ennemi ? Nul n'eût été capable de le dire avec certitude, si une série d'événements ne nous eussent prouvé coup sur coup qu'il s'obstinait à séjourner au milieu d'une population qu'il bravait et terrorisait impunément.

Le premier de ces événements faillit mettre notre désespoir au comble. Deux jours pleins s'étaient alors écoulés depuis la terrible scène de l'église Saint-Michel, sans qu'aucune amélioration se fût manifestée dans la santé de Myra, toujours entre la vie et la mort. Nous étions au 4 juin. Après le déjeuner, toute la famille Roderich, mon frère et moi compris, était réunie dans la galerie, et nous discutions avec animation la meilleure conduite à adopter, quand un éclat de rire véritablement satanique retentit à nos oreilles.

Nous nous levâmes tous épouvantés. Marc et le capitaine Haralan, pris d'une sorte de frénésie, s'élancèrent d'un même mouvement vers la partie de la galerie d'où semblait venir cet effrayant éclat de rire, mais ce fut pour s'arrêter au bout de quelques pas. Tout se passa en deux secondes. En deux secondes, je vis fulgurer un éclair, comme celui d'une lame brillante décrivant dans la lumière sa courbe homicide ; je vis mon frère chanceler, et le capitaine Haralan le recevoir dans ses bras...

Je me précipitai à leurs secours, au moment même où une voix – cette voix que nous connaissions tous, à présent ! – prononçait avec l'accent d'une indomptable volonté :

« Jamais Myra Roderich ne sera la femme de Marc Vidal !... jamais ! »

Aussitôt, une violente poussée d'air fit vaciller les lustres, la porte du jardin rapidement ouverte et refermée battit à grand bruit, et nous comprîmes que notre implacable adversaire nous échappait une fois de plus.

Le capitaine Haralan et moi, nous étendîmes mon frère sur un divan, et le docteur Roderich examina sa blessure. Elle n'était pas grave heureusement. La lame du poignard avait glissé sur l'omoplate gauche de haut en bas, et tout se réduisait à une longue estafilade, qui, bien que fort impressionnante d'aspect, n'en serait pas moins guérie en peu de jours. Pour cette fois, l'assassin avait manqué son but. Mais en serait-il toujours ainsi ?

Marc fut pansé, puis transporté à l'hôtel Temesvar, et je m'installai à son chevet, où, tout en le veillant, je m'absorbai dans l'examen du problème posé à ma sagacité et qu'il fallait résoudre coûte que coûte sous peine de mort pour tant d'êtres qui m'étaient chers.

Je n'avais pas encore fait, je le confesse, le premier pas sur le chemin de la solution cherchée, lorsque d'autres événements survinrent, nullement dramatiques ceux-ci, mais plutôt bizarres, incohérents même, et qui me donnèrent fort à penser.

Le soir de ce même jour, 4 juin, une lueur puissante, qui fut aperçue de la place Kurtz et du marché Coloman, apparut à la plus haute fenêtre du beffroi. Une torche enflammée s'abaissait, se relevait, s'agitait, comme si quelque incendiaire eût voulu mettre le feu à l'édifice.

Le chef de police et ses agents, se jetant hors du poste central, atteignirent rapidement les combles du beffroi. La lumière avait disparu, et, comme M. Stepark s'y attendait d'ailleurs, on ne trouva personne. Sur le plancher gisait la torche éteinte d'où une odeur fuligineuse se dégageait, des étincelles résineuses glissaient encore sur la toiture, mais l'incendiaire avait disparu. Ou l'individu – disons Wilhelm Storitz – avait eu le temps de s'enfuir, ou il se dissimulait, introuvable, en un coin du beffroi.

La foule amassée sur la place en fut pour ses cris de vengeance dont se riait le coupable.

Le lendemain, dans la matinée, nouvelle bravade jetée à la cité entière prise d'affolement.

Dix heures et demie venaient de sonner, lorsque retentit une sinistre volée de cloches, un funèbre glas, une sorte de tocsin d'épouvante.

Cette fois, ce n'était pas un homme seul qui aurait pu mettre en branle l'appareil campanaire de la cathédrale. Il fallait que Wilhelm Storitz fût aidé de plusieurs complices, ou tout au moins de son serviteur Hermann.

Les habitants se portèrent en foule sur la place Saint-Michel, accourant même des quartiers éloignés où ces coups de tocsin avaient jeté l'effroi. De nouveau, M. Stepark et ses agents s'élancèrent. Ils se précipitèrent vers l'escalier de la tour du Nord, en franchirent rapidement les marches, arrivèrent à la cage des cloches, tout inondée du jour qui passait à travers ses auvents...

Mais en vain visitèrent-ils cet étage de la tour et la galerie supérieure... Personne ! Personne !... Lorsque les agents étaient entrés dans la cage où les cloches muettes achevaient de se balancer, les invisibles sonneurs avaient déjà disparu.

Ainsi donc, mes craintes se réalisaient. Wilhelm Storitz n'avait pas quitté Ragz et il était entré sans difficulté dans l'hôtel Roderich. Qu'il eût manqué son coup, soit ! Mais cela ne garantissait nullement l'avenir. Ce qu'il avait essayé vainement de faire une première fois, il essaierait de le refaire, et peut-être avec un meilleur succès. Il importait donc d'arrêter un plan de conduite qui nous garantît contre les attaques ultérieures de ce misérable.

Il ne me fut pas très difficile d'imaginer ce plan de conduite. Je résolus tout d'abord de réunir les diverses personnes menacées à un titre quelconque et d'organiser un système de défense tel qu'il fût impossible à personne de les approcher. J'étudiai soigneusement les moyens d'atteindre cet idéal, et, dès qu'ils furent trouvés, je les mis sans tarder à exécution.

Le matin du 6 juin, moins de quarante-huit heures après l'attentat, mon frère, dont la blessure toute superficielle se cicatrisait déjà, fut transporté à l'hôtel Roderich et couché dans une chambre voisine de celle de Myra. Cela fait, j'exposai mon plan au docteur, qui, l'ayant approuvé entièrement, me donna carte blanche et déclara me considérer, à partir de ce moment, en quelque sorte comme le commandant d'une garnison assiégée.

Je fis aussitôt acte d'autorité. Laissant un seul domestique à la garde de Marc et de Myra – il me fallait courir ce risque !

– je commençai une visite minutieuse et méthodique de l'hôtel, avec l'aide de tous ses habitants, y compris le capitaine Haralan et Mme Roderich elle-même, qui dut, sur mon injonction, abandonner le chevet de sa fille.

Nous commençâmes par les combles. Nous tenant coude à coude, nous les parcourûmes de bout en bout. Puis nous visitâmes toutes les pièces, sans oublier le plus petit recoin et sans laisser entre nous aucun intervalle par lequel il eût été possible à une créature humaine de se glisser. Au passage, il est superflu de le dire, nous soulevions les rideaux, déplacions les sièges, inspections le dessous des lits et le dessus des armoires, tout cela sans quitter le contact une seconde. De chaque pièce ainsi visitée la porte était ensuite fermée, et la clef m'en était remise.

Ce travail exigea plus de deux heures, mais il fut enfin achevé, et nous arrivâmes à la porte extérieure, certains, rigoureusement certains, matériellement certains qu'aucun étranger ne pouvait être caché dans l'hôtel. Cette porte extérieure fut verrouillée, et j'en mis la clef dans ma poche. Désormais, personne n'entrerait sans ma permission, et je me promettais de faire en sorte qu'aucun intrus, fût-il cent fois invisible, ne réussît à s'insinuer incognito en même temps que le visiteur par moi reconnu et accueilli.

Et, de fait, à partir de cet instant, c'est moi, moi seul qui répondis aux coups de heurtoir. Pour remplir mon office de portier, je me faisais accompagner par le capitaine Haralan, ou, en son absence, par un domestique de confiance. L'huis n'était d'abord qu'entrebâillé, puis, tandis que mon compagnon le maintenait à l'intérieur, je me glissai par l'hiatus que j'obturais à l'extérieur. Le visiteur était-il admis ? Nous reculions pas à pas tous les trois, serrés l'un contre l'autre, tandis que la porte se refermait peu à peu.

Nous étions évidemment en parfaite sécurité dans cette maison ainsi transformée en forteresse.

J'entends d'ici l'objection qu'on peut me faire, à juste titre je le reconnais. Plutôt que le nom de forteresse, notre hôtel eût mérité celui de prison. C'est vrai, mais un emprisonnement est supportable quand il ne doit pas s'éterniser. Or, le nôtre serait-il de longue durée ? Je ne le pensais pas.

Je ne cessais, en effet, de réfléchir à notre situation singulière, et, sans prétendre avoir pénétré le mystère indéchiffrable de Wilhelm Storitz, je n'étais pas sans faire un certain progrès dans cette voie.

Quelques mots d'explication, un peu arides peut-être, me paraissent ici nécessaires.

Quand on fait tomber sur un prisme un faisceau de rayons solaires, celui-ci se décompose, on le sait, en sept couleurs, dont l'ensemble donne la lumière blanche. Ces couleurs – violet, indigo, bleu, vert, jaune, orangé, rouge – constituent le « spectre solaire ». Mais cette gamme visible n'est peut-être qu'une partie du spectre complet. Il peut exister d'autres couleurs non perceptibles à nos sens. Pourquoi ces rayons, encore inconnus à l'heure actuelle, n'auraient-ils pas de propriétés entièrement différentes de ceux que nous connaissons ? Alors que ceux-ci ne sont capables de traverser qu'un petit nombre de corps solides, le verre par exemple, pourquoi ceux-là ne traverseraient-ils pas indistinctement tous les corps matériels 1 ? Si les choses se passaient réellement ainsi, rien ne nous en avertirait, puisque nos sens ne sont pas sensibles à ces rayons, supposé qu'ils existent. Il pouvait donc se faire qu'Otto Storitz eût découvert des rayons jouissant de ce pouvoir, et qu'il eût trouvé la formule d'une substance, qui, introduite dans l'organisme, aurait la double faculté de se répandre à sa périphérie et de modifier la nature des divers rayons contenus dans le spectre solaire.

1 Depuis que ce manuscrit a été écrit, la découverte des rayons infrarouges et ultraviolets a vérifié partiellement cette hypothèse.

Ceci admis, tout s'expliquait. La lumière, en atteignant la surface du corps opaque imprégné de cette substance, se décomposait, et les rayons qui la constituent se transformaient tous indistinctement en ces radiations inconnues dont j'imaginais l'existence. Ces radiations traversaient donc librement ce corps, puis, subissant, au moment d'en sortir, une transformation en sens contraire, reprenaient leurs différentes formes premières et impressionnaient nos yeux comme si le corps opaque n'eût pas existé.

Sans doute, bien des points demeuraient obscurs. Comment expliquer qu'on n'aperçût pas plus les vêtements de Wilhelm Storitz que lui-même, et que cependant les objets qu'il tenait à la main demeurassent visibles ?

D'autre part, quelle était la substance capable d'engendrer des effets aussi miraculeux ? Cela, je ne le savais pas, et c'était fort regrettable en vérité, attendu que, si je l'avais su, j'aurais pu en faire usage et lutter contre notre ennemi à armes égales. Mais peut-être, après tout, était-il possible de le vaincre, sans posséder cet avantage ? Je me posais, en effet, ce dilemme : Quelle que fût cette substance inconnue, ou son action était transitoire, ou elle était perpétuelle. Dans le premier cas, Wilhelm Storitz était obligé d'en absorber de nouvelles doses à intervalles plus ou moins rapprochés. Dans le second, il lui fallait nécessairement détruire parfois l'effet de sa drogue par une autre drogue antagoniste, un contrepoison en quelque sorte, car il est des circonstances où l'invisibilité serait, non une supériorité, mais une infériorité véritable. Dans les deux cas, Wilhelm Storitz était astreint, soit à fabriquer, soit à prendre dans une réserve préexistante la substance qu'il désirait employer, la quantité qu'il en pouvait posséder sur sa personne n'étant évidemment pas illimitée.

Ce jalon posé, je me demandai quel sens avaient ces sonneries de cloches, ces lumières agitées frénétiquement Cela ne rimait à rien. C'était incohérent, comme je l'ai déjà fait observer. Qu'en conclure, sinon que Wilhelm Storitz, grisé par la toute-puissance qu'il s'attribuait, en arrivait à des gestes d'insensé, qu'il glissait à la folie ? C'était là une éventualité favorable et que l'examen des faits tendait à rendre plausible.

C'est en vertu de ces divers raisonnements que j'allai trouver M. Stepark. Je lui fis part de mes réflexions, et, d'un commun accord, il fut décidé que la maison du boulevard Tékéli serait gardée jour et nuit par un cordon d'agents de police ou de soldats, de telle sorte qu'il fût matériellement impossible à son propriétaire de s'y introduire. Ainsi ce dernier serait privé à la fois de son laboratoire et de sa réserve secrète, si tant est que celle-ci existât. Il serait donc condamné, par la force des choses, soit à reprendre l'apparence humaine dans un délai plus ou moins long, soit à rester éternellement invisible, ce qui, le cas échéant, pourrait devenir pour lui une cause de faiblesse. Nul doute d'ailleurs, si l'hypothèse d'une folie naissante était fondée, que cette folie ne fût surexcitée par les obstacles opposés au dément, et que celui-ci n'en vînt à commettre des imprudences qui nous le livreraient désarmé.

M. Stepark ne fit aucune difficulté pour me donner satisfaction. Lui aussi, mais pour d'autres motifs, il avait déjà pensé à isoler la maison de Wilhelm Storitz. Il jugeait cette mesure propre à calmer dans une certaine mesure la ville, si tranquille d'ordinaire, heureuse au point d'être enviée des autres cités magyares, et maintenant troublée au-delà de toute imagination. Je ne saurais mieux la comparer qu'à une ville d'un pays envahi, sous la crainte perpétuelle du bombardement, alors que chacun se demande où tombera le premier boulet, et si sa maison ne sera pas la première détruite.

En effet, que n'avait-on pas à redouter de Wilhelm Storitz puisqu'il n'avait point quitté la ville, ainsi qu'il avait pris soin lui-même de le faire connaître à tous ?

À l'hôtel Roderich, la situation était encore plus grave. La raison n'était pas revenue à l'infortunée Myra. Ses lèvres ne s'ouvraient que pour des paroles incohérentes, ses yeux hagards ne se fixaient sur personne. Elle ne nous entendait pas. Elle ne reconnaissait ni sa mère, ni Marc, qui fut bientôt capable de venir rejoindre Mme Roderich au chevet de la malade, dans cette chambre de jeune fille, si joyeuse autrefois, si triste à présent. Était-ce un délire passager, une crise dont les soins triompheraient ? Était-ce une folie incurable ? Qui l'eût pu dire ?

Sa faiblesse était extrême, comme si les ressorts de la vie eussent été brisés en elle. Étendue sur son lit, presque sans mouvement, à peine si elle esquissait parfois un geste de la main. On était en droit de se demander alors si elle ne cherchait pas à déchirer ce voile de l'inconscience qui l'enveloppait, si elle n'essayait pas de manifester sa volonté. Marc se penchait, il lui parlait, il s'efforçait de surprendre une réponse sur ses lèvres, un signe dans ses yeux… Mais les yeux restaient fermés, et la main, à peine soulevée, retombait aussitôt.

Mme Roderich se soutenait par une extraordinaire force morale. À peine si elle donnait quelques heures au repos, parce que son mari l'y obligeait, et quel sommeil troublé par les cauchemars, interrompu au moindre bruit ! Elle croyait entendre marcher dans sa chambre. Malgré les précautions prises, elle se disait qu'il était là, lui, l'ennemi insaisissable, invisible, qu'il avait pénétré dans l'hôtel, qu'il rôdait autour de sa fille !… Elle se relevait épouvantée, et ne retrouvait un peu de tranquillité qu'après avoir vu le docteur ou Marc veillant au chevet de Myra. Si cette situation se prolongeait, il lui serait impossible d'y résister.

Chaque jour, plusieurs des confrères du docteur Roderich venaient en consultation. La malade longuement et minutieusement examinée, on n'avait pu se prononcer sur cette inertie intellectuelle. Pas de réaction, pas de crise. Non, une indifférence à toutes les choses extérieures, une inconscience complète, une tranquillité de morte, devant laquelle l'art demeurait impuissant.

Dès qu'il fut en état de se tenir debout, et ce fut au bout de trois jours, mon frère ne quitta plus la chambre de Myra. De mon côté, je ne m'absentais guère de l'hôtel, si ce n'est pour me rendre à la Maison de Ville. M. Stepark me tenait au courant de tout ce qui se disait à Ragz. Par lui, je savais que la population était en proie aux plus vives appréhensions. Dans l'imagination populaire, ce n'était plus seulement Wilhelm Storitz, mais une bande d'invisibles formée par lui, qui avait envahi la ville livrée sans défense à leurs infernales machinations.

Le capitaine Haralan, par contre, était le plus souvent hors de notre forteresse. Sous l'obsession d'une idée fixe, il parcourait incessamment les rues. Il ne me demandait pas de l'accompagner. Avait-il donc en tête quelque projet dont il craignait que je ne voulusse le détourner ? Comptait-il sur le plus invraisemblable des hasards pour rencontrer Wilhelm Storitz ? Attendait-il que celui-ci fût signalé à Spremberg ou autre part, pour tenter de le rejoindre ? Certes, je n'aurais plus essayé de le retenir. Je l'aurais accompagné, au contraire, et je l'aurais aidé à nous débarrasser de ce malfaiteur.

Mais cette éventualité avait-elle quelque chance de se produire ? Non, assurément. Ni à Ragz, ni ailleurs.

Dans la soirée du 11 juin, j'eus une longue conversation avec mon frère. Il m'avait paru plus accablé que jamais, et j'appréhendais qu'il ne tombât sérieusement malade. Il aurait fallu l'entraîner loin de cette ville, le ramener en France, mais il n'eût jamais consenti à se séparer de Myra. Cependant, était-il donc impossible que la famille

Roderich s'éloignât de Ragz pour quelque temps ? La question ne méritait-elle pas d'être étudiée ? J'y pensais et je me promettais d'en parler au docteur.

Ce jour-là, en terminant notre entretien, je dis à Marc :

« Mon pauvre frère, je te vois prêt à perdre tout espoir ; tu as tort. La vie de Myra n'est pas en danger, les médecins sont d'accord là-dessus. Si sa raison l'a abandonnée, c'est momentanément, crois-le bien. Elle reprendra possession de son intelligence, elle reviendra à elle, à toi, à tous les siens...

– Tu veux que je ne désespère pas, me répondit Marc, d'une voix étouffée par les sanglots. Mais, quand bien même ma pauvre Myra recouvrerait la raison, ne sera-t-elle pas toujours à la merci de ce monstre ? Crois-tu donc que sa haine soit apaisée par ce qu'il a fait jusqu'ici ? Et s'il veut pousser plus loin sa vengeance ?... S'il veut ?... Tu me comprends, Henri... Il peut tout, et nous sommes sans défense contre lui.

– Non, m'écriai-je, non, Marc, il n'est pas impossible de le combattre.

– Et comment ?... Comment ?... reprit Marc en s'animant. Non, Henri, tu ne dis pas ce que tu penses. Non ! nous sommes désarmés devant ce misérable. Nous ne pouvons lui échapper qu'en nous enfermant dans une prison. Et rien ne dit qu'il n'arrivera pas, malgré tout, à pénétrer dans l'hôtel. »

L'exaltation de Marc ne me permettait plus de lui répondre. Il n'écoutait que lui. Il ajouta, en m'étreignant les mains :

« Qui te dit que nous sommes seuls en ce moment ? Je ne vais pas d'une chambre à l'autre, dans le salon, dans la galerie, sans me dire qu'il me suit peut-être !... Il me semble que quelqu'un marche près de moi... quelqu'un qui m'évite... qui recule lorsque j'avance... et qui disparaît quand je veux le saisir... »

Tout en parlant d'une voix saccadée, Marc avançait, reculait, comme s'il eût été à la poursuite d'un être invisible. Je ne savais plus que faire pour le calmer. Le mieux eût été de l'entraîner hors de l'hôtel, de l'emmener loin, bien loin...

« Qui sait, reprit-il, s'il n'a pas surpris tout ce que nous venons de dire ? Nous le croyons loin. Il est peut-être ici. Tiens !... derrière cette porte, j'entends des pas... Il est là... Viens !... Frappons !... Tuons !... Mais est-ce possible ?... Ce monstre, la mort a-t-elle prise sur lui ? »

Voilà où en était mon frère ! N'avais-je pas lieu de redouter que, dans une de ces crises, sa raison ne succombât comme avait succombé celle de Myra ?

Pourquoi fallait-il qu'Otto Storitz eût fait cette découverte maudite ? Pourquoi fallait-il qu'il eût mis une telle arme entre les mains de l'homme déjà trop armé pour le mal !

En ville, la situation ne s'améliorait pas. Bien qu'aucun autre incident ne se fût produit depuis que Wilhelm Storitz avait pour ainsi dire crié du haut du beffroi : « Je suis là », l'épouvante avait envahi toute la population. Pas une maison qu'on ne crût hantée par l'invisible. Les églises n'offraient même pas un asile où l'on pût se réfugier, après ce qui s'était passé à la cathédrale. Les autorités essayaient en vain de réagir, elles n'y réussissaient pas, car on est sans pouvoir contre la terreur.

Voici un fait, entre cent autres, qui montre à quel degré d'affolement les esprits en étaient arrivés.

Le 12, dans la matinée, j'avais quitté l'hôtel pour aller voir le chef de police. En débouchant dans la rue du Prince-Miloch, deux cents pas avant la place Saint-Michel, j'aperçus le capitaine Haralan. L'ayant rejoint :

« Je vais chez M. Stepark, lui dis-je. M'y accompagnez-vous, capitaine ? »

Sans me répondre, machinalement, il prit la même direction que moi. Nous approchions de la place Kurtz, lorsque des cris d'effroi se firent entendre.

Un char à bancs attelé de deux chevaux descendait la rue avec une vitesse excessive. Les passants se sauvaient à droite et à gauche. Sans doute le conducteur avait été jeté à terre, et les chevaux, abandonnés à eux-mêmes, s'étaient emportés.

Eh bien, le croirait-on, l'idée vint à quelques passants, non moins emballés que l'attelage, qu'un être invisible conduisait cette voiture, et que Wilhelm Storitz en occupait le siège. Ce cri arriva jusqu'à nous :

« Lui... lui !... c'est lui ! »

Je n'avais pas eu le temps de me retourner vers le capitaine Haralan, que celui-ci n'était déjà plus à côté de moi. Je le vis se précipiter à la rencontre du char à bancs, dans l'évidente intention de l'arrêter au moment où celui-ci passerait près de lui.

La rue était très fréquentée à cette heure. Le nom de Wilhelm Storitz retentissait de toutes parts. Des pierres volèrent contre l'attelage emporté. Telle était la surexcitation publique, que des coups de mousquet partirent du magasin situé à l'angle de la rue du Prince-Miloch.

Un des chevaux tomba, frappé d'une balle à la cuisse. La voiture, heurtant le corps de l'animal, fut culbutée.

Aussitôt, la foule de s'élancer, de s'accrocher aux roues, à la caisse, aux brancards. Cent bras s'ouvrirent pour saisir Wilhelm Storitz... Ils n'étreignirent que le vide.

Le conducteur invisible avait-il donc réussi à sauter du char à bancs, avant que celui-ci n'eût été renversé, car on ne pouvait pas douter qu'il avait voulu épouvanter la ville une fois de plus.

Il n'en était rien, il fallut bien le reconnaître. Bientôt accourut un paysan de la puszta, dont les chevaux, arrêtés au marché Coloman, s'étaient emportés en son absence. Quelle ne fut pas sa colère, lorsqu'il vit l'un d'eux étendu sur le sol ! On ne voulait pas l'entendre, et je crus que la foule allait maltraiter ce pauvre homme que nous eûmes quelque peine à protéger contre ces aveugles fureurs.

J'entraînai le capitaine Haralan, qui me suivit sans mot dire à la Maison de Ville.

M. Stepark était déjà informé de ce qui venait de se passer rue du Prince-Miloch.

« La ville est affolée, me dit-il, et on ne peut prévoir jusqu'où ira cet affolement. »

Je posai mes questions habituelles :

« Avez-vous appris quelque chose de nouveau ?

– Oui, répondit M. Stepark, on m'a informé de la présence de Wilhelm Storitz à Spremberg.

– À Spremberg !... s'écria le capitaine Haralan, en se retournant vers moi. Partons ! J'ai votre promesse. »

Je ne savais que répondre, car j'étais certain de l'inutilité de ce voyage.

« Attendez, capitaine, intervint M. Stepark, j'ai demandé à Spremberg la confirmation de cette nouvelle, et un courrier doit m'arriver d'un instant à l'autre. »

Une demi-heure ne s'était pas écoulée que le planton remettait au chef de police un pli apporté à franc étrier. La nouvelle ne reposait sur rien de sérieux. Non seulement la présence de Wilhelm Storitz n'avait pas été constatée à Spremberg, mais on croyait qu'il n'avait jamais dû quitter Ragz.

Deux jours s'écoulèrent sans qu'il se produisît aucun changement dans l'état de Myra Roderich. Quant à mon frère, il me parut un peu plus calme. Moi, j'attendais l'occasion d'entretenir le docteur d'un projet de départ auquel j'espérais le rallier.

La journée du 14 juin fut moins paisible que les précédentes. Les autorités sentirent, cette fois, leur impuissance à retenir une foule montée à un tel degré d'exaltation.

Vers onze heures, alors que je me promenais sur le quai Batthyani, ces propos frappèrent mon oreille :

« Il est revenu… il est revenu !… »

Qui était cet « il », cela se devinait, et, des deux ou trois passants auxquels je m'adressai :

« On vient de voir une fumée à la cheminée de sa maison ! dit l'un.

– On a vu sa figure derrière les rideaux du belvédère ! » affirma l'autre.

Qu'il fallût ou non ajouter foi à ces racontars, je me dirigeai vers le boulevard Tékéli.

Et pourtant, quelle apparence que Wilhelm Storitz se fût si imprudemment montré ? Il ne pouvait ignorer ce qui l'attendait si l'on parvenait à mettre la main sur lui. Et il aurait couru ce risque, lorsque rien ne l'y obligeait ? Il se serait laissé apercevoir à l'une des fenêtres de son habitation ?

Vraie ou fausse, la nouvelle avait produit son effet. Lorsque j'arrivai, plusieurs milliers de personnes, que le cordon d'agents s'efforçait inutilement de contenir, entouraient déjà la maison par le boulevard et par le chemin de ronde. De tous les côtés accouraient des masses d'hommes et de femmes, surexcités au dernier point et faisant entendre des cris de mort.

Que pouvaient les arguments devant cette conviction, irraisonnée mais indéracinable, qu'il était là, « lui ! », et peut-être avec toute la bande de ses complices invisibles ? Que pouvait la police contre cette foule innombrable qui assiégeait la maison maudite de si près, que Storitz, s'il y était enfermé, ne parviendrait pas à s'enfuir ? D'ailleurs, si Wilhelm Storitz avait été aperçu aux fenêtres du belvédère, c'était sous sa forme matérielle. Avant qu'il ait réussi à se rendre invisible, il serait pris, et, cette fois, il n'échapperait pas à la vengeance populaire.

Malgré la résistance des agents, malgré les efforts du chef de police, la grille fut forcée, la maison envahie, les portes enfoncées, les fenêtres arrachées, les meubles jetés dans le jardin et dans la cour, les appareils du laboratoire mis en pièces. Puis les flammes jaillirent du rez-de-chaussée, gagnèrent l'étage supérieur, tourbillonnèrent au-dessus de la toiture, et bientôt le belvédère s'écroula dans la fournaise.

Quant à Wilhelm Storitz, c'est en vain qu'on l'avait cherché dans l'habitation, dans la cour, dans le jardin. Il n'y était pas, ou, du moins, il fut impossible de le découvrir.

Maintenant, l'incendie allumé en dix endroits anéantissait sa maison. Une heure après, il n'en restait plus que les quatre murs.

Peut-être valait-il mieux, en somme, qu'elle fût détruite. Qui sait s'il ne s'ensuivrait pas une détente des esprits, si la population ragzienne n'en arriverait pas à croire que Wilhelm Storitz, tout invisible qu'il fût, avait péri dans les flammes ?

XV

Après la destruction de la maison Storitz, il m'a semblé que la surexcitation de Ragz s'était quelque peu calmée. On se rassurait en ville. Ainsi que je l'avais supposé, un certain nombre d'habitants inclinaient à croire que le « sorcier » se trouvait réellement dans sa demeure au moment où elle était envahie par la foule, et qu'il avait péri au milieu des flammes.

La vérité est qu'en fouillant les décombres, en remuant les cendres, on ne découvrit rien qui fût de nature à justifier cette opinion. Si Wilhelm Storitz avait assisté à l'incendie, c'était de quelque endroit où le feu ne pouvait l'atteindre.

Cependant, de nouvelles lettres reçues de Spremberg s'accordèrent sur ce point : c'est qu'il n'y avait pas reparu, que son serviteur Hermann n'y avait pas été signalé, et qu'on ignorait absolument où tous deux s'étaient réfugiés.

Par malheur, si un calme relatif régnait dans la ville, il n'en était pas ainsi à l'hôtel Roderich. L'état mental de notre pauvre Myra ne s'améliorait aucunement. Inconsciente, indifférente aux soins qu'on ne cessait de lui donner, elle ne reconnaissait personne. Aussi les médecins n'osaient-ils exprimer le moindre espoir.

Toutefois, bien qu'elle fût toujours d'une extrême faiblesse, sa vie ne paraissait pas menacée. Elle restait étendue sur son lit, presque sans mouvement, pâle comme une morte. Si l'on essayait de la soulever, des sanglots gonflaient sa poitrine, l'effroi se peignait dans ses yeux, ses bras se tordaient, des phrases décousues s'échappaient de ses lèvres. La mémoire lui revenait-elle alors ? Revoyait-elle, au milieu des troubles de son esprit, les scènes de la soirée de fiançailles, les scènes de la cathédrale ? Entendait-elle les menaces proférées contre elle et contre Marc ? Il eût été désirable qu'il en fût ainsi, et que son intelligence eût conservé le souvenir du passé.

On voit quelle était l'existence de cette malheureuse famille. Mon frère ne quittait pas l'hôtel. Il restait près de Myra, avec le docteur, avec Mme Roderich, faisant prendre de sa main à la malade un peu de nourriture, cherchant sans cesse si quelque lueur de raison reparaissait dans son regard.

L'après-midi du 16, j'errais seul par les rues de la ville, au hasard. L'idée me vint de passer sur la rive droite du Danube. C'était une excursion toujours projetée, que les circonstances ne m'avaient pas encore permis de faire, et dont je ne profiterais guère, d'ailleurs, dans l'état d'esprit où je me trouvais. Je me dirigeai donc vers le pont, je traversai l'île Svendor, et je mis le pied sur la rive serbienne.

Ma promenade se prolongea plus que je n'en avais l'intention. Les horloges avaient sonné la demie de huit heures quand je revins au pont, après avoir dîné dans un cabaret serbe riverain du fleuve. Je ne sais quelle fantaisie me prit alors. Au lieu de rentrer directement, je ne franchis que la première partie du pont, et je descendis la grande allée centrale de l'île Svendor.

À peine avais-je fait une dizaine de pas, que j'aperçus M. Stepark. Il était seul, il m'aborda, et la conversation s'engagea aussitôt sur le sujet qui nous préoccupait tous les deux.

Notre promenade durait depuis une vingtaine de minutes, lorsque nous atteignîmes la pointe septentrionale de l'île. La nuit achevait de tomber, l'ombre s'épaississait sous les arbres et dans les allées désertes. Les chalets s'étaient fermés, et nous ne rencontrions plus personne.

L'heure était venue de rentrer à Ragz, et nous allions nous y décider, lorsque quelques paroles arrivèrent à nos oreilles.

Je m'arrêtai soudain, et j'arrêtai M. Stepark en le saisissant par le bras, puis, me penchant de manière à n'être entendu que de lui :

« Écoutez !... On parle... et cette voix... c'est la voix de Wilhelm Storitz.

– Wilhelm Storitz ! répondit le chef de police sur le même ton.

– Oui.

– Il ne nous a pas aperçus.

– Non, la nuit égalise les chances et nous rend invisibles comme lui. »

Cependant la voix continuait à parvenir jusqu'à nous, indistincte, les voix plutôt, car il y avait sûrement deux interlocuteurs.

« Il n'est pas seul, murmura M. Stepark.

– Non... Son serviteur probablement. »

M. Stepark m'entraîna sous le couvert des arbres, en se courbant au ras du sol. Grâce à l'obscurité qui nous protégeait, peut-être pourrions-nous approcher les causeurs d'assez près pour entendre sans être vus.

Bientôt nous étions cachés à dix pas environ de l'endroit où devait se trouver Wilhelm Storitz. Naturellement nous ne vîmes personne, mais nous nous y attendions, et cela ne nous causa aucune déception.

Jamais pareille occasion ne s'était encore offerte de savoir où demeurait notre ennemi depuis l'incendie de sa maison, d'apprendre ce qu'il projetait, voire de s'emparer de sa personne.

Il ne pouvait soupçonner que nous fussions là, l'oreille tendue. À demi couchés entre les branches, osant à peine respirer, nous écoutions avec une indicible émotion les paroles échangées, plus ou moins distinctes selon que le maître et le serviteur s'éloignaient ou se rapprochaient en se promenant le long du massif.

Voici la première phrase qui nous arriva, prononcée par Wilhelm Storitz :

« Nous pourrons y entrer dès demain ?...

– Dès demain, répondit son interlocuteur invisible – le serviteur Hermann selon toute vraisemblance –, et personne ne saura qui nous sommes.

– Depuis quand es-tu revenu à Ragz ?

– Depuis ce matin.

– Bien... Et cette maison, elle est louée ?...

– Sous un nom de fantaisie.

– Tu es certain que nous pouvons l'habiter au vu et au su de tous, que nous ne sommes pas connus à... »

Le nom de la ville qu'allait prononcer Wilhelm Storitz, à notre grande déception, il nous fut impossible de le distinguer. Mais, des mots entendus, il résultait ceci, que notre adversaire comptait reprendre l'apparence humaine dans un délai plus ou moins long. Pourquoi commettait-il cette imprudence ? Je supposai que son invisibilité ne pouvait être maintenue au-delà d'un certain temps sans devenir préjudiciable à sa santé. Je donne pour ce qu'elle vaut cette explication qui me paraît plausible, mais que je n'eus jamais l'occasion de vérifier.

Lorsque les voix se rapprochèrent, Hermann disait, achevant une phrase commencée :

« La police de Ragz ne nous découvrira pas sous ces noms-là. »

La police de Ragz ?… C'était donc dans une ville hongroise qu'ils allaient encore habiter ?

Puis le bruit des pas diminua, et ils s'éloignèrent, ce qui permit à M. Stepark de me dire :

« Quelle ville ?… quels noms ?… Voilà ce qu'il faudrait apprendre. »

Avant que je n'eusse eu le temps de répondre, les deux causeurs se rapprochèrent et firent halte à quelques pas de nous…

« Ce voyage de Spremberg, interrogeait Hermann, est-il donc absolument nécessaire ?

– Absolument, puisque c'est là que mes fonds sont déposés. Ici, d'ailleurs, je ne me montrerais pas impunément. Tandis que là-bas…

– Auriez-vous l'intention de vous y laisser voir en chair et en os ?

– Le moyen de l'éviter ?… Personne ne paierait, j'imagine, sans voir le preneur. »

Ainsi donc, ce que j'avais prévu se réalisait. Storitz était acculé à une de ces situations où l'invisibilité cesse d'être un avantage. Il manquait d'argent, et, pour s'en procurer, il lui fallait renoncer à son pouvoir. Cependant, il continuait :

« Le pis, c'est que je ne sais comment faire. Ces imbéciles ont détruit mon laboratoire, et je ne possède pas un seul flacon n° 2. Heureusement, ils n'ont pu découvrir la cachette du jardin, mais elle est sous les décombres, et j'ai besoin de toi pour la dégager.

– À vos ordres, fit Hermann.

– Viens après-demain matin vers dix heures. Le jour ou la nuit, c'est la même chose pour nous, et au moins nous y verrons clair.

– Pourquoi pas demain ?

– Demain, j'ai autre chose à faire. Je médite un coup de ma façon, dont ne s'applaudira pas quelqu'un que je sais. »

Les deux interlocuteurs reprirent leur promenade. Quand ils revinrent :

« Non, je ne quitterai pas Ragz, disait Wilhelm Storitz d'une voix où grondait la colère, tant que ma haine contre cette famille ne sera pas assouvie, tant que Myra et ce Français… »

Il n'acheva pas, ou plutôt ce fut comme un rugissement qui s'échappa de sa poitrine. À ce moment, il passait tout près de nous. Peut-être eût-il suffi d'étendre la main pour le saisir. Mais notre attention fut alors attirée par ces paroles d'Hermann :

« On sait maintenant à Ragz que vous avez le pouvoir de vous rendre invisible, mais on ignore par quel moyen.

– Et cela, on l'ignorera toujours, répondit Wilhelm Storitz. Ragz n'en a pas fini avec moi. Parce qu'ils ont brûlé ma maison, ils croient qu'ils ont brûlé mes secrets !… Les fous !… Non, Ragz n'évitera pas ma vengeance, et je n'en laisserai pas pierre sur pierre !… »

Cette phrase si menaçante pour la ville était à peine prononcée, que les branches du massif s'écartaient violemment. M. Stepark venait de s'élancer dans la direction des voix. Tout à coup, il cria :

« J'en tiens un, monsieur Vidal. À vous l'autre ! »

Pas de doute, ses mains s'étaient abattues sur un corps parfaitement tangible, sinon visible. Mais il fut repoussé avec une extrême violence et serait tombé si je ne l'eusse retenu par le bras.

Je crus alors que nous allions être attaqués dans des conditions très désavantageuses, puisque nous ne pouvions voir nos agresseurs. Il n'en fut rien. Un rire ironique retentit sur la gauche, et nous entendîmes un bruit de pas qui s'éloignaient.

« Coup manqué ! s'écria M. Stepark, mais nous sommes sûrs, maintenant, que leur invisibilité ne les empêche pas d'être appréhendés au corps ! »

Par malheur, ils nous avaient échappé, et nous ignorions le lieu de leur retraite. M. Stepark n'en paraissait pas moins enchanté.

« Nous les tenons, dit-il à voix basse, tandis que nous regagnions le quai Batthyani. Nous connaissons le point faible de l'adversaire et nous savons que Storitz doit se rendre après-demain sur les ruines de sa maison. Cela nous donne deux moyens de le vaincre. Si l'un échoue, l'autre réussira. »

En quittant M. Stepark, je rentrai à l'hôtel, et, tandis que Mme Roderich et Marc veillaient au chevet de Myra, je m'enfermai avec le docteur. Il importait qu'il fût immédiatement mis au courant de ce qui venait de se passer à l'île Svendor.

Je lui dis tout, sans oublier la conclusion optimiste de M. Stepark, mais non sans ajouter que je m'en sentais fort peu rassuré. Le docteur estima que devant les menaces de Wilhelm Storitz, devant sa volonté de poursuivre son œuvre de vengeance contre la famille Roderich et contre la ville entière, l'obligation de quitter Ragz s'imposait. Il fallait partir, partir secrètement, et le plus tôt serait le mieux.

« Je suis de votre avis, dis-je, et ne ferai que cette seule objection : Myra est-elle à même de supporter les fatigues d'un voyage ?

– La santé de ma fille n'est point altérée, me répondit le docteur. Elle ne souffre pas. Sa raison seule a été atteinte.

– Elle la retrouvera avec le temps, affirmai-je énergiquement, et surtout dans un autre pays, où elle n'aura plus rien à craindre.

– Hélas ! s'écria le docteur, le danger sera-t-il évité par notre départ ? Wilhelm Storitz ne nous suivra-t-il pas ?

– Non, si nous gardons le secret sur la date du départ et sur le but du voyage.

– Le secret !... » murmura tristement le docteur Roderich.

Comme mon frère, il se demandait si un secret pouvait être gardé vis-à-vis de Wilhelm Storitz, si, en ce moment, celui-ci n'était pas dans ce cabinet, entendant ce que nous disions et préparant quelque nouvelle machination.

Bref, le départ fut décidé. Mme Roderich n'y fit pas d'objection. Il lui tardait que Myra eût été transportée dans un autre milieu.

Marc l'approuva de son côté. Je ne lui parlai pas de notre aventure de l'île Svendor. Cela me parut inutile. Par contre, je la racontai au capitaine Haralan. Lui non plus ne fit aucune objection à notre projet de voyage. Il se contenta de me demander :

« Vous accompagnerez sans doute votre frère ?

– Puis-je faire autrement, et ma présence n'est-elle pas indispensable près de lui, comme la vôtre près de...

– Je ne partirai pas, répondit-il du ton d'un homme dont la résolution est absolument irrévocable.

– Vous ne partirez pas ?...

– Non, je veux, je dois rester à Ragz, puisqu'il est à Ragz, et j'ai le pressentiment que je fais bien d'y rester. »

Il n'y avait pas à discuter, et je ne discutai pas.

« Soit, capitaine.

– Je compte sur vous, mon cher Vidal, pour me remplacer auprès de ma famille, qui est déjà la vôtre.

– Comptez sur moi », répondis-je.

Je m'occupai aussitôt des préparatifs du départ. Dans la journée, je me procurai deux berlines de voyage très confortables. Puis j'allai voir M. Stepark que j'instruisis de nos projets.

« Vous faites bien, me dit-il, et il est regrettable que toute la ville ne puisse en faire autant ! »

Le chef de police était visiblement préoccupé. Je trouvai que ce n'était pas sans motif, après ce que nous avions entendu la veille.

Je fus de retour à l'hôtel Roderich vers sept heures, et je m'assurai que tout était prêt.

À huit heures, arrivèrent les berlines. Dans l'une prendraient place M. et Mme Roderich avec leur fille. Marc et moi, nous monterions dans la seconde, qui sortirait de la ville par un chemin différent, afin de ne point éveiller l'attention.

C'est alors que se produisit le plus imprévu, hélas ! le plus terrible des coups de théâtre.

Les voitures nous attendaient. La première stationnait devant la porte principale, l'autre devant la petite porte, au bout du jardin. Le docteur et mon frère montèrent auprès de Myra pour la transporter dans l'une des berlines.

Frappés d'épouvante, ils s'arrêtèrent sur le seuil. Le lit était vide. Myra avait disparu !

XVI

Myra disparue !...

Lorsque ce cri retentit dans l'hôtel, il sembla qu'on n'en comprît pas d'abord la signification. Disparue ? Cela n'avait pas de sens. C'était invraisemblable.

Une demi-heure plus tôt, Mme Roderich et Marc étaient encore dans la chambre où Myra reposait sur son lit, déjà revêtue de son costume de voyage, calme, la respiration régulière à faire croire qu'elle dormait. Un peu auparavant, elle avait pris quelque nourriture de la main de Marc, qui était ensuite descendu pour le dîner. Le repas achevé, le docteur et mon frère étaient remontés afin de la transporter dans la berline.

C'est alors que se produit le coup de théâtre. Ils ne la voient plus sur son lit. La chambre est vide !

« Myra ! » s'écrie Marc, en se précipitant vers la fenêtre, dont il saisit la poignée. Mais la fenêtre résiste. Elle est close, L'enlèvement, si enlèvement il y a, n'a pas été fait par cette voie.

Mme Roderich accourt, puis le capitaine Haralan, et des appels sont jetés à travers l'hôtel :

« Myra !... Myra !... »

Qu'elle ne réponde pas, cela se comprend, et ce n'est pas une réponse qu'on attend d'elle. Mais qu'elle ne soit plus dans sa chambre, comment l'expliquer ? Est-il possible qu'elle ait quitté son lit, traversé la chambre de sa mère, descendu l'escalier, sans avoir été aperçue ?

Je m'occupais à disposer les menus bagages dans la berline lorsque j'entendis tout à coup des cris. Je remontai au premier étage.

Le docteur et mon frère, qui répétait d'une voix brisée le nom de sa femme, allaient et venaient comme des fous.

« Myra ?... demandai-je, que veux-tu dire, Marc ? »

Le docteur eut à peine la force de me répondre :

« Ma fille... disparue ! »

Il fallut déposer sur son lit Mme Roderich qui avait perdu connaissance. Le capitaine Haralan, la figure convulsée, les yeux hagards, vint à moi, et me dit :

« Lui... lui toujours ! »

Cependant j'essayais de réfléchir. L'opinion du capitaine Haralan était difficilement soutenable. Il n'était pas admissible que Wilhelm Storitz eût réussi à s'introduire dans l'hôtel, malgré les précautions prises. Évidemment, il était à la rigueur concevable qu'il eût profité du désordre inévitable que cause un départ. Mais il aurait fallu pour cela qu'il se tînt à l'affût en guettant le moment propice, et qu'il opérât avec une rapidité prodigieuse.

D'ailleurs, même en acceptant toutes ces hypothèses, un enlèvement demeurait inexplicable. Je n'avais pas, en effet, quitté la porte de la galerie devant laquelle stationnait la berline. Comment Myra aurait-elle pu franchir cette porte pour gagner celle du jardin sans être vue de moi ? Wilhelm Storitz invisible, soit ! Mais elle ?...

Je redescendis dans la galerie et j'appelai le domestique. La porte du jardin donnant sur le boulevard Tékéli fut fermée à double tour, et j'en retirai la clef. Puis la maison tout entière, les combles, les caves, les annexes, la tour jusqu'à la terrasse, je la parcourus en ne laissant pas un coin inexploré.

Après la maison, ce fut le jardin...

Je ne trouvai personne.

Je revins près de Marc. Mon pauvre frère pleurait à chaudes larmes, il éclatait en sanglots.

Prévenir le chef de la police était la première chose à faire à mon avis.

« Je cours à la Maison de Ville. Venez avec moi », dis-je au capitaine Haralan.

La berline attendait toujours. Nous y prîmes place. Dès que la grande porte nous eut livré passage, la voiture partit au galop de son attelage et en quelques minutes arriva sur la place Kurtz.

M. Stepark était encore dans son cabinet. Je le mis au courant. Cet homme habitué à ne s'étonner de rien ne put dissimuler sa stupéfaction.

« Mlle Roderich disparue !... s'écria-t-il.

– Oui, répondis-je. Cela paraît impossible, et cela est ! En fuite ou enlevée, elle n'est plus là !

– Il y a du Storitz là-dessous », murmura M. Stepark. L'opinion du chef de police était la même que celle d'Haralan. Après un instant de silence, il ajouta :

« C'est sans doute le coup de maître dont il parlait à son âme damnée. »

M. Stepark avait raison. Oui, Wilhelm Storitz nous avait prévenus, en quelque sorte, du mal qu'il se proposait de nous faire. Et nous, insensés, nous n'avions pris aucune mesure pour nous défendre.

« Messieurs, dit M. Stepark, voulez-vous m'accompagner à l'hôtel ?

– À l'instant, répondis-je.

– Je suis à vous, messieurs... Le temps de donner quelques ordres. »

M.

Stepark fit appeler un brigadier et lui commanda de diriger sur l'hôtel Roderich une escouade de police, qui devrait y demeurer en surveillance toute la nuit. Il eut ensuite avec le sous-directeur de la police un long conciliabule à voix basse, puis la berline nous ramena tous trois chez le docteur.

L'hôtel fut en vain visité une seconde fois. Mais une observation fut faite par M. Stepark, dès son entrée dans la chambre de Myra.

« Monsieur Vidal, me dit-il, ne sentez-vous pas une odeur particulière, et qui a déjà affecté notre odorat quelque part ? »

En effet, il restait dans l'air comme une vague senteur. Le souvenir me revint. Je m'écriai :

« L'odeur de cette liqueur contenue dans la fiole qui s'est brisée, monsieur Stepark, au moment où vous alliez la prendre dans le laboratoire de Storitz ?

– C'est cela, monsieur Vidal, et ce fait autorise bien des hypothèses. Si cette liqueur est, comme je le suppose, celle qui produit l'invisibilité, peut-être Wilhelm Storitz en a-t-il fait absorber à Mlle Roderich et l'a-t-il emportée aussi invisible que lui-même. »

Nous étions atterrés. Oui, les choses avaient dû se passer ainsi. Il me paraissait certain, maintenant, que Wilhelm Storitz était dans son laboratoire pendant la perquisition et qu'il avait brisé cette fiole, dont la liqueur s'était si vite évaporée, plutôt que de la laisser tomber entre nos mains. Oui ! C'était bien cette odeur si caractéristique dont nous retrouvions ici la trace. Oui ! Wilhelm Storitz, à la faveur des allées et venues nécessitées par le départ, était entré dans cette chambre, et il avait enlevé Myra Roderich.

Quelle nuit, moi près de mon frère, le docteur près de Mme Roderich ! Avec quelle impatience nous attendions le jour !

Le jour ?... Et à quoi nous servirait qu'il fit jour ?... La lumière existait-elle pour Wilhelm Storitz ? Ne savait-il pas s'entourer d'une nuit impénétrable ?

M. Stepark ne nous quitta qu'à l'aube pour se rendre à la Résidence. Avant de partir, il me prit à part et me tint ce discours inexplicable, inexplicable surtout en de telles circonstances :

« Un seul mot, monsieur Vidal, me dit-il. Ne perdez pas courage, car, ou je me trompe fort, ou vous touchez à la fin de vos peines. »

Je ne répondis pas à ces paroles encourageantes qui me parurent dénuées de sens, et je me contentai de regarder le chef de police d'un air stupide. Avais-je entendu seulement ? J'étais complètement désemparé, à bout de force et d'énergie, et il n'y avait rien à tirer de moi en ce moment.

Vers huit heures, le gouverneur vint assurer au docteur que tout serait fait dans le but de retrouver sa fille. M. Roderich et moi eûmes un sourire d'amère incrédulité. Que pouvait le gouverneur, en vérité ?

Cependant, dès les premières heures de la matinée, la nouvelle de l'enlèvement avait couru les divers quartiers de Ragz, et, l'effet qu'elle produisit, je renonce à le dépeindre.

Avant neuf heures, le lieutenant Armgard se présenta à l'hôtel et se mit à la disposition de son camarade. Pour quoi faire, grand Dieu !

Il est à croire que le capitaine Haralan n'estima pas comme moi inutile cette offre amicale, car il remercia brièvement son camarade. Puis, se coiffant de son kolbach, bouclant le ceinturon de son sabre, il ajouta cet unique mot :

« Viens. »

Pendant que les deux officiers se dirigeaient vers la porte, je fut pris d'un irrésistible désir de les suivre. Je proposai à Marc de nous accompagner. Me comprit-il ? Je ne sais. En tout cas, il ne me fit aucune réponse.

Quand je sortis, les deux officiers étaient déjà sur le quai. Les rares passants regardaient l'hôtel avec un effroi mêlé d'horreur. N'était-ce pas de là que s'échappait cette tempête d'épouvante qui bouleversait la ville ?

Lorsque je rejoignis le lieutenant Armgard et le capitaine Haralan, ce dernier me regarda, mais on ne m'aurait pas étonné en m'affirmant qu'il ne s'était pas aperçu de ma présence.

« Vous venez avec nous, monsieur Vidal ? me demanda le lieutenant Armgard.

– Oui. Vous allez ?... »

Le lieutenant répondit par un geste d'ignorance... Où on allait ?... Au hasard, sans doute. Et le hasard n'était-il pas, en effet, le plus sûr guide que nous puissions suivre ? Au bout de quelques pas, le capitaine Haralan, s'arrêtant brusquement, demanda d'une voix brève :

« Quelle heure est-il ?

– Neuf heures et quart », répondit son ami après avoir consulté sa montre. Nous nous remîmes en route.

Nous marchions d'un pas incertain, sans échanger une parole. Après avoir traversé la place Magyare et remonté la rue du Prince-Miloch, nous fîmes le tour de la place Saint-Michel sous ses arcades. Parfois, le capitaine Haralan s'arrêtait comme si ses pieds eussent été cloués au sol, et de nouveau il demandait l'heure. « Neuf heures vingt-cinq, neuf heures et demie, dix heures moins vingt », répondit successivement son camarade. Sitôt le renseignement obtenu, le capitaine reprenait sa marche indécise.

Tournant à gauche, nous passâmes derrière le chevet de la cathédrale. Après une courte hésitation, le capitaine Haralan s'engagea dans la rue Bihar.

Il était comme mort, ce quartier aristocratique de Ragz ; à peine quelques passants hâtifs, la plupart des hôtels fenêtres closes, ainsi qu'en un jour de deuil public.

À l'extrémité de la rue, le boulevard Tékéli nous apparut dans toute son étendue. Il était désert ou plutôt déserté. On le fuyait depuis l'incendie de la maison Storitz.

Quelle direction allait choisir le capitaine Haralan, vers le haut de la ville, du côté du château, ou vers le quai Batthyani, du côté du Danube ?

Une fois de plus, il s'était arrêté, comme incertain du parti qu'il devait prendre. La question habituelle tomba de ses lèvres :

« Quelle heure est-il, Armgard ?

– Dix heures moins dix, répondit le lieutenant.

– C'est l'heure », prononça Haralan, qui remonta le boulevard d'un pas rapide.

Nous passâmes devant la grille de la maison Storitz. Le capitaine n'eut pas un regard pour elle. Du même train, il contourna la propriété et ne fit halte que parvenu au chemin de ronde dont le jardin était séparé par un mur de deux mètres cinquante environ.

« Aidez-moi », dit-il, en montrant de la main le sommet du mur.

Ce mot valait toutes les explications du monde. Je compris le but du malheureux frère de Myra.

Dix heures, n'était-ce pas l'heure fixée par Storitz lui-même, lors de la conversation que M. Stepark et moi nous avions entendue l'avant-veille ? N'en avais-je pas instruit le capitaine Haralan ? Oui, en ce moment, le monstre était là, derrière ce mur, en train de découvrir l'orifice de la cachette qui recelait la réserve de ces substances inconnues dont il faisait un si malfaisant usage. Réussirions-nous à le surprendre pendant qu'il s'activerait à ce travail ? En vérité, ce n'était guère probable. Mais n'importe, il y avait là une occasion unique qu'il ne fallait à aucun prix laisser échapper.

Nous aidant les uns les autres, nous eûmes franchi le mur en quelques minutes, et nous retombâmes de l'autre côté, dans une allée étroite bordée de massifs touffus. Ni Storitz, ni personne n'avait pu nous apercevoir.

« Restez là », commanda le capitaine Haralan, qui, longeant le mur de clôture dans la direction de la maison, disparut bientôt à nos regards.

Un instant, nous demeurâmes immobiles, puis, cédant à un irrésistible instinct de curiosité, nous nous mîmes en marche à notre tour. À travers le massif dont le feuillage épais nous dérobait à tous les yeux, passant en nous courbant sous les branches inférieures, étouffant le bruit de nos pas, nous commençâmes à nous rapprocher, nous aussi, de la maison.

Elle nous apparut quand nous fûmes parvenus à la lisière du massif. Un espace découvert, large d'une vingtaine de mètres, nous en séparait. Aplatis contre le sol, retenant notre respiration, nous regardâmes avidement.

Il ne restait plus que des pans de murailles noircies par les flammes, au pied desquelles gisaient des pierres, des morceaux de charpentes carbonisées, des ferrures tordues, des tas de cendres, des débris de mobilier.

Nous contemplions cet amoncellement de choses détruites. Ah ! que n'avait-on brûlé cet Allemand maudit comme on avait brûlé sa maison, et avec lui le secret de l'effroyable invention !

Le lieutenant et moi, nous fîmes, des yeux, le tour de l'espace découvert, et soudain nous tressaillîmes violemment. À moins de trente pas de nous, nous venions d'apercevoir le capitaine Haralan, aux aguets comme nous-mêmes à la lisière du taillis. À l'endroit où notre compagnon s'était arrêté, le massif se rapprochait par une courbe harmonieuse de l'angle de la maison, dont, seule, une allée large de six mètres environ le séparait. C'est vers cet angle, le plus proche de lui, que le capitaine Haralan tenait les yeux fixés. Il ne faisait pas un mouvement. Replié sur lui-même, les muscles tendus, prêt à bondir, il ressemblait à un fauve à l'affût.

Nous suivîmes la direction de ses regards, et nous comprîmes aussitôt ce qui les attirait. Un singulier phénomène se passait là, en effet. Bien qu'on ne vît personne, les décombres étaient animés de mouvements étranges. Lentement. prudemment, comme si les travailleurs eussent voulu éviter d'attirer l'attention, les pierres, les ferrures, les mille débris divers amoncelés en ce point étaient déplacés, repoussés, mis en tas.

Étreints d'une mystérieuse épouvante, nous regardions, les yeux exorbités. La vérité nous éblouissait. Wilhelm Storitz était là. Si les ouvriers étaient invisibles, leur ouvrage ne l'était pas...

Tout à coup, un cri retentit, poussé par une voix furieuse... De notre place, nous voyons le capitaine Haralan s'élancer et franchir l'allée d'un seul bond... Il retombe au bord des ruines et semble se heurter à un obstacle invisible... Il avance, il recule, ouvre les bras et les referme, il se courbe et se redresse, comme un lutteur combattant corps à corps.

« À moi ! crie le capitaine Haralan. Je le tiens ! »

Le lieutenant Armgard et moi, nous précipitons vers lui.

« Je le tiens, le misérable... Je le tiens... répète-t-il. À moi, Vidal !... À moi, Armgard ! »

Soudain, je me sens repoussé par un bras que je ne vois pas, tandis qu'une bruyante respiration m'arrive en pleine figure.

Oui, c'est bien une lutte corps à corps. Il est là, l'être invisible... Wilhelm Storitz ou tout autre !... Qui que ce soit, nos mains l'ont saisi, nous ne le lâcherons plus et nous saurons le contraindre à dire où est Myra.

Ainsi donc, comme l'a déjà constaté M. Stepark, s'il a le pouvoir de détruire sa visibilité, du moins sa matérialité subsiste. Ce n'est pas un fantôme, c'est un corps, dont nous essayons – au prix de quels efforts ! – de paralyser les mouvements.

Nous y parvenons enfin. Je tiens par un bras notre invisible adversaire. Le lieutenant Armgard le tient par l'autre.

« Où est Myra ?... où est Myra ?... » interroge d'une voix fiévreuse le capitaine Haralan.

Aucune réponse. Le misérable lutte et cherche à se dégager. Nous avons affaire à un être très vigoureux qui se débat violemment pour nous échapper. S'il y réussit, il s'élancera à travers le jardin ou les ruines, il gagnera le boulevard, et on devra renoncer à l'espoir de jamais le reprendre.

« Diras-tu où est Myra ? répète le capitaine Haralan au comble de la fureur.

Enfin, ces mots se font entendre :

« Jamais !... jamais !... »

Autant que peut nous permettre de l'affirmer le timbre de cette voix haletante, c'est bien Wilhelm Storitz !

Cette lutte ne peut durer. Nous sommes trois contre un, et si robuste que soit notre adversaire, il ne saurait nous résister longtemps. À cet instant, le lieutenant Armgard est repoussé et tombe sur la pelouse. Presque aussitôt je me sens saisi par la jambe. Je suis littéralement culbuté et contraint de lâcher le bras que je tenais. Le capitaine Haralan est violemment frappé en plein visage. Il chancelle et bat l'air de ses mains étendues.

« Il m'échappe !... Il m'échappe !... » rugit-il plutôt qu'il ne crie.

À l'improviste, Hermann, sans doute, est venu au secours de son maître.

Je me relève, tandis que le lieutenant, aux trois quarts évanoui, reste étendu sur le sol, et je cours prêter main-forte au capitaine... Tout est inutile. Nous n'étreignons plus que le vide. Wilhelm Storitz s'est enfui !...

Mais alors, voici qu'à la lisière des massifs des hommes apparaissent. D'autres entrent par la grille, d'autres franchissent les murs, d'autres sortent des ruines de la maison. Il en surgit de tous côtés, de partout. Ils sont des centaines. Ils se tiennent coude à coude, sur trois rangs, le premier rang portant l'uniforme de la police de Ragz, les deux derniers l'uniforme de l'infanterie des Confins militaires. En un instant, ils forment un vaste cercle qui se rétrécit par degrés...

Je comprends les paroles optimistes de M. Stepark. Instruit des projets de Storitz par Storitz lui-même, il a pris ses mesures en conséquence, et avec une virtuosité dont je suis émerveillé. De ces hommes, au nombre de plusieurs centaines, nous n'avons pas vu un seul en pénétrant dans le jardin.

Le cercle dont nous semblons former le centre se resserre, se resserre... Non, Storitz n'échappera pas ! Il est pris !...

Il le comprend bien, le misérable, car, tout près de nous, une exclamation de rage retentit. Puis, au moment même où le lieutenant Armgard, qui commence à revenir à lui, essaie de se relever, son sabre est brusquement tiré hors du fourreau. Une invisible main le brandit. Cette main, c'est celle de Wilhelm Storitz. La colère l'emporte. Puisqu'il ne peut fuir, il se vengera du moins, il tuera le capitaine Haralan...

À l'exemple de son ennemi, celui-ci a mis sabre au clair. Tous deux sont face à face comme dans un duel, l'un qu'on voit, l'autre qu'on ne voit pas !... Les deux sabres sont engagés, l'un tenu par une main visible, l'autre tenu par une main qu'on ne peut voir !...

Trop rapide est cet étrange combat pour que nous puissions intervenir.

Il est évident que Wilhelm Storitz connaît le maniement du sabre. Quant au capitaine Haralan, il attaque sans essayer de se défendre. Par un coup de manchette rapidement riposté, il est atteint à l'épaule. Mais son arme a foncé en avant... Un cri de douleur retentit... Les herbes de la pelouse s'inclinent...

Ce n'est pas le vent qui les courbe. Ainsi que nous allons bientôt en être sûrs, c'est le poids d'un corps humain, le poids du corps de Wilhelm Storitz transpercé d'outre en outre, en pleine poitrine... Un flot de sang a jailli, et, en même temps que la vie se retire, voici que ce corps invisible reprend peu à peu sa forme matérielle, voici qu'il reparaît dans les suprêmes convulsions de la mort.

Le capitaine Haralan s'est jeté sur Wilhelm Storitz. Il lui crie :

« Myra ?... Où est Myra ?... »

Mais il n'y a plus là qu'un cadavre, la figure convulsée, les yeux ouverts, le regard encore menaçant, le cadavre visible de l'étrange personnage qui fut Wilhelm Storitz !

XVII

Ainsi périt tragiquement Wilhelm Storitz. Hélas ! sa mort survenait trop tard. Bien que la famille Roderich n'eût désormais plus rien à craindre, cette mort aggravait la situation plutôt qu'elle ne l'améliorait, puisqu'elle nous faisait perdre l'espoir de retrouver Myra.

Accablé par la responsabilité qui pesait sur lui, le capitaine Haralan contemplait d'un air morne son ennemi abattu. Enfin, prenant son parti de ce malheur irréparable, il eut un geste de désespoir et s'éloigna à pas lents dans la direction de l'hôtel Roderich, afin de mettre les siens au courant de ces déplorables événements.

Le lieutenant Armgard et moi restâmes sur place, au contraire, en compagnie de M. Stepark, venu, comme par miracle, nous ne savions d'où. Le silence était parfait, malgré ces centaines d'hommes, dont la curiosité était portée au paroxysme, qui se tassaient autour de nous, se serraient les uns contre les autres, s'efforçant de mieux voir.

Tous les regards étaient fixés sur le cadavre. Un peu retourné sur le côté gauche, ses vêtements souillés de sang, la face décolorée, la main droite tenant encore le sabre du lieutenant, le bras gauche à demi replié, Wilhelm Storitz était bon pour la tombe, dont son malfaisant pouvoir n'avait pas réussi à l'affranchir.

« C'est bien lui ! » murmura M. Stepark, après l'avoir longuement regardé.

Les agents s'étaient approchés, non sans quelque appréhension. Ils le reconnurent aussi. Pour joindre à la certitude de la vue celle du toucher, M. Stepark tâta le cadavre de la tête aux pieds.

« Mort... bien mort ! » dit-il, en se relevant.

Le chef de police donna un ordre, et aussitôt une dizaine d'hommes attaquèrent les décombres au point même où, avant la mort de Storitz, ceux-ci avaient paru animés de si étranges mouvements.

« D'après la conversation que nous avons surprise, me dit M. Stepark, répondant à une question que je lui posais, c'est là que doit se trouver la cachette dans laquelle le misérable recelait la substance qui lui permettait de nous braver. Je ne m'en irai pas d'ici avant d'avoir découvert cette cachette et avant d'avoir détruit tout ce qu'elle contient. Storitz est mort. Dût la science me maudire, je veux que son secret meure avec lui. »

En moi-même, je donnais pleinement raison à M. Stepark. Bien que la découverte d'Otto Storitz fût de nature à exciter l'intérêt d'un ingénieur, je ne pouvais lui reconnaître aucune utilité pratique, et je comprenais qu'elle favorisait seulement les plus mauvaises passions de l'humanité.

Bientôt une petite plaque de fer fut mise à nu. On la souleva, et les premières marches d'un étroit escalier nous apparurent.

À ce moment, une main saisit la mienne, tandis qu'une voix plaintive se faisait entendre.

« Pitié !... Pitié !... » disait-elle.

Je me retournai, mais je ne vis personne. Pourtant, ma main était toujours prisonnière ; et la voix suppliante continuait à se faire entendre.

Les agents avaient interrompu leur travail. Tout le monde s'était tourné de mon côté. Avec une anxiété facile à comprendre, j'étendis celle de mes mains demeurée libre et j'explorai l'espace autour de moi.

À la hauteur de ma taille, mes doigts rencontrèrent une chevelure, et, plus bas, frôlèrent un visage inondé de larmes. Évidemment, il y avait là un homme que je ne pouvais voir, à genoux, et qui pleurait.

« Qui êtes-vous ? balbutiai-je avec effort, la gorge étranglée par l'émotion.

– Hermann, me répondit-on.

– Que voulez-vous ? »

En quelques phrases hachées, l'invisible serviteur de Storitz nous dit qu'il avait entendu M. Stepark formuler ses projets de destruction, et que, si ces projets étaient mis à exécution, il lui fallait renoncer à reprendre jamais l'apparence humaine. Que deviendrait-il, condamné ainsi à rester toujours seul au milieu des autres hommes ? Il suppliait que le chef de police, avant de détruire les flacons qu'il trouverait dans la cachette, lui permît d'absorber le contenu de l'un d'eux.

M. Stepark promit d'y consentir, en prenant toutefois les précautions qui s'imposaient, Hermann ayant des comptes à régler avec la justice. Par son ordre, quatre agents robustes appréhendèrent l'invisible personnage. On pouvait être certain qu'ils ne le lâcheraient pas.

M. Stepark et moi, précédant les quatre agents qui maîtrisaient le prisonnier, nous descendîmes l'escalier. Quelques marches nous conduisirent dans un caveau que la lumière venue par la trappe éclairait faiblement. Là, sur une étroite étagère, étaient alignés une série de flacons étiquetés, les uns n° 1, les autres n° 2.

Hermann, d'un ton impatient, réclama un de ces derniers, que lui tendit le chef de police. Alors nous vîmes, avec une indicible stupéfaction – bien que nous dussions nous attendre à ce spectacle –, le flacon décrire tout seul une courbe dans l'air, puis se renverser, comme si quelqu'un, l'ayant porté à sa bouche, en eût avidement absorbé le contenu.

Ce fut aussitôt une étrange merveille. À mesure qu'il buvait, Hermann semblait sortir du néant. On distingua d'abord une vapeur légère dans la pénombre du caveau, puis les contours s'affirmèrent, et j'eus enfin devant moi ce même individu qui m'avait suivi le soir de mon arrivée à Ragz.

Sur un signe de M. Stepark, le reste des flacons fut immédiatement détruit, et les liquides qu'ils contenaient, répandus sur le sol, se volatilisèrent instantanément. Cette exécution terminée, nous remontâmes au jour.

« Et maintenant, qu'allez-vous faire, monsieur Stepark ? interrogea le lieutenant Armgard.

– Je vais faire transporter ce corps à la Maison de Ville, lui fut-il répondu.

– Publiquement ? demandai-je.

– Publiquement, dit le chef de police. Il faut que tout Ragz sache que Wilhelm Storitz est mort. On ne le croira qu'après avoir vu passer son cadavre.

– Et après qu'il sera enterré, ajouta le lieutenant.

– Si on l'enterre, dit M. Stepark.

– Si on l'enterre ?... répétai-je.

– Oui, expliqua le chef de police, car il vaudrait mieux, selon moi, brûler ce cadavre et en jeter les cendres au vent, comme on faisait des sorciers du Moyen Âge. »

M.

Stepark envoya chercher une civière, et partit avec le plus grand nombre d'agents, en emmenant son prisonnier redevenu un vieux bonhomme très banal depuis qu'il avait cessé d'être invisible. De notre côté, le lieutenant Armgard et moi nous rentrâmes à l'hôtel Roderich.

Le capitaine Haralan était déjà près de son père, auquel il avait tout raconté. Dans l'état où se trouvait Mme Roderich, il avait paru prudent de ne lui rien dire. La mort de Wilhelm Storitz ne lui rendait pas sa fille.

Quant à mon frère, lui non plus ne savait rien encore. Il fallait cependant le mettre au courant, et c'est pourquoi nous le fîmes prévenir que nous l'attendions dans le cabinet du docteur.

Ce ne fut pas avec le sentiment de la vengeance satisfaite qu'il accueillit la nouvelle que nous lui apportions. Il éclata en sanglots, tandis que ces paroles désespérées s'échappaient de ses lèvres :

« Il est mort !... Vous l'avez tué !... Il est mort sans avoir parlé !... Myra !... Ma pauvre Myra !... Je ne la reverrai plus !... »

À cette explosion de douleur, que pouvait-on répondre ?...

Je le tentai pourtant. Non, il ne fallait pas renoncer à tout espoir. Nous ne savions pas où était Myra, mais un homme le savait, Hermann, le serviteur de Wilhelm Storitz. Or, on tenait cet homme sous les verrous. On l'interrogerait, et, comme il n'avait pas le même intérêt que son maître à se taire, il parlerait... On l'y déciderait, fût-ce au prix d'une fortune... On l'y forcerait, au besoin, dût-on le mettre à la torture... Myra serait rendue à sa famille, à son mari, et la raison lui reviendrait à force de soins, de tendresse et d'amour...

Marc n'entendait rien. Il ne voulait rien entendre. Pour lui, le seul qui fût capable de parler était mort. On n'aurait pas dû le tuer avant de lui avoir arraché son secret.

Je ne savais comment calmer mon frère, lorsque notre conversation fut interrompue par un tumulte du dehors. Nous nous précipitâmes à la fenêtre qui s'ouvrait à l'angle du boulevard et du quai Batthyani.

Qu'y avait-il donc encore ?... Dans la disposition d'esprit où nous étions, je crois que rien n'aurait pu nous surprendre, quand même il se fût agi de la résurrection de Wilhelm Storitz !

Ce n'était que son cortège mortuaire. Le cadavre, étendu sur une civière, était porté par quatre agents accompagnés d'une nombreuse escouade. Ainsi, Ragz allait savoir que Wilhelm Storitz était mort et que cette période de terreur avait pris fin.

M. Stepark avait voulu le montrer partout, ce cadavre. Après avoir suivi le quai Batthyani jusqu'à la rue Étienne-1er, le cortège devait traverser le marché Coloman, puis les quartiers les plus fréquentés, avant de s'arrêter à la Maison de Ville.

À mon avis, il eût mieux fait de ne point passer devant l'hôtel Roderich.

Mon frère nous avait rejoints à la fenêtre. Il poussa un cri de désespoir en apercevant ce corps ensanglanté, auquel il aurait voulu rendre la vie, fût-ce au prix de la sienne.

La foule s'abandonnait aux plus bruyantes démonstrations. Vivant, Wilhelm Storitz eût été écartelé par elle. Mort, son cadavre fut épargné. Mais, sans doute, ainsi que l'avait dit M. Stepark, la population ne voudrait pas qu'il fût inhumé comme le commun des mortels. Elle exigerait qu'il fût brûlé en place publique ou précipité dans le Danube, dont les eaux l'emporteraient jusqu'aux lointaines profondeurs de la Mer Noire.

Pendant un quart d'heure, les cris retentirent devant l'hôtel, puis le silence se fit.

Le capitaine Haralan nous dit alors qu'il allait se rendre à la Maison de Ville. Il entendait faire en sorte que l'interrogatoire d'Hermann eût lieu sur-le-champ. Nous l'approuvâmes, et il quitta l'hôtel en compagnie du lieutenant Armgard.

Moi, je restai près de mon frère. Ce que furent ces douloureuses heures passées avec lui !... Je ne pouvais le calmer, et cette surexcitation toujours croissante m'épouvantait. Il m'échappait, je le sentais bien, et je redoutais une crise à laquelle il ne résisterait peut-être pas. Il se refusait à m'entendre. Il ne discutait pas. Il n'avait qu'une idée, une idée fixe : partir à la recherche de Myra.

« Et tu m'accompagneras, Henri », disait-il.

Tout ce que je pus obtenir, ce fut que nous attendrions le retour du capitaine Haralan. Celui-ci ne revint avec son camarade que vers quatre heures. Les nouvelles qu'ils rapportaient étaient les plus mauvaises que nous pussions attendre. L'interrogatoire d'Hermann avait eu lieu, en effet, mais il avait eu lieu inutilement. Le capitaine, M. Stepark, le gouverneur lui-même, avaient menacé, prié, supplié en vain. En vain on avait offert une fortune au domestique de Storitz, en vain on lui avait annoncé les pires châtiments s'il se refusait à parler. On n'avait rien obtenu. Hermann n'avait pas varié un seul instant. Il ne savait pas où était Myra. L'enlèvement même était inconnu de lui, son maître n'ayant pas cru devoir le mettre au courant de ses projets.

Après trois heures d'efforts et de lutte, il avait fallu se rendre à l'évidence. Hermann était de bonne foi et disait la vérité. Son ignorance était sincère. Dès lors, nous devions perdre tout espoir de revoir jamais la malheureuse Myra.

Quelle triste fin de journée nous passâmes ! Écroulés dans des fauteuils, accablés de tristesse, nous laissions couler le temps sans prononcer une parole. Qu'aurions-nous pu nous dire, en effet, qui n'eût été dit et redit cent fois ?

Un peu avant huit heures, un domestique apporta les lampes. Il n'y avait alors dans le salon, le docteur Roderich étant encore près de sa femme, que les deux officiers, mon frère et moi. Comme le domestique sortait, son service terminé, la pendule commença à égrener ses huit coups.

À ce moment précis, la porte de la galerie s'ouvrit assez vivement. Sans doute, quelque courant d'air venu du jardin l'avait poussée, car je ne vis personne. Par exemple, ce qu'il y eut de plus extraordinaire, c'est qu'elle se referma d'elle-même...

Et alors – non ! je n'oublierai jamais cette scène ! – une voix se fit entendre... Non pas, comme à la soirée des fiançailles, la voix rude qui nous insultait avec le Chant de la Haine, – mais une voix fraîche et joyeuse, une voix aimée entre toutes, la voix de notre chère Myra !...

« Marc, disait-elle, et vous monsieur Henri, et toi, Haralan, que faites-vous ici ? C'est l'heure du dîner, et je meurs de faim. »

C'était Myra, Myra elle-même, Myra qui avait recouvré la raison, Myra guérie !... On eût dit qu'elle descendait de sa chambre comme d'habitude. C'était Myra qui nous voyait et que nous ne voyions pas !... C'était Myra invisible !...

Jamais mots aussi simples ne produisirent un tel effet. Stupéfaits, cloués à nos sièges, nous n'osions ni bouger, ni parler, ni aller du côté d'où venait cette voix. Pourtant, Myra était là, vivante, et, nous le savions, tangible dans son invisibilité...

D'où arrivait-elle ?... De la maison où son ravisseur l'avait conduite ?... Elle avait donc pu s'enfuir, traverser la ville, rentrer dans l'hôtel ?... Pourtant, les portes en étaient fermées, et personne ne les lui avait ouvertes...

Non – et l'explication de sa présence ne tarda pas à nous être donnée –, Myra descendait de sa chambre où Wilhelm Storitz l'avait rendue et laissée invisible. Alors que nous la croyions hors de l'hôtel, elle n'avait pas quitté son lit. Elle y était restée étendue, immobile, toujours muette et inconsciente, pendant ces vingt-quatre heures. À personne n'était venue cette pensée qu'elle pouvait être là, et, en vérité, pourquoi cette pensée nous serait-elle venue ?

Sans doute, Wilhelm Storitz n'avait pu l'enlever aussitôt, mais il aurait parachevé son crime, si, ce matin même, le coup de sabre du capitaine Haralan ne l'en eût pour jamais empêché.

Et voici que Myra ayant recouvré la raison – peut-être sous l'inf1uence de cette liqueur que Storitz lui avait fait boire –, Myra, ignorante de ce qui s'était passé depuis la scène de la cathédrale, Myra était au milieu de nous, nous parlant, nous voyant, n'ayant pu, dans l'obscurité, se rendre compte encore qu'elle ne se voyait pas elle-même.

Marc s'était levé, les bras ouverts comme pour la saisir…

Elle reprit :

« Mais qu'avez-vous donc ? je vous parle, et vous ne me répondez pas. Vous paraissez surpris de me voir. Qu'est-il donc arrivé ?… Pourquoi maman n'est-elle pas là ? Serait-elle souffrante ? »

La porte s'ouvrit de nouveau, et le docteur Roderich entra. Aussitôt, Myra de s'élancer vers lui – nous le supposions du moins – car elle s'écria :

« Ah ! mon père !… Qu'y a-t-il donc ?… Pourquoi mon frère, mon mari ont-ils cet air étrange ? »

Le docteur s'était arrêté, pétrifié, sur le seuil. Il avait compris.

Cependant Myra était près de lui. Elle l'embrassait et répétait :

« Qu'y a-t-il ?… Maman ?… Où est maman ?

– Ta mère se porte bien, mon enfant, balbutia le docteur. Elle va descendre… Reste, mon enfant, reste ! »

En ce moment, Marc, qui avait trouvé la main de sa femme, entraîna doucement celle-ci, comme s'il eût conduit une aveugle. Elle ne l'était pourtant pas, et ceux-là seuls l'étaient qui ne pouvaient la voir. Mon frère la fit asseoir près de lui…

Elle ne parlait plus, effrayée de l'effet que produisait sa présence, et Marc, d'une voix tremblante, murmura ces paroles auxquelles elle ne devait rien comprendre :

« Myra… ma chère Myra !… Oui !… C'est bien toi… Je te sens là… près de moi !… Oh ! je t'en supplie, ma bien-aimée, ne me quitte plus !…

– Mon cher Marc… Cet air bouleversé… Tous… vous m'effrayez… Mon père… réponds-moi !… Il y a donc un malheur ici ?… »

Marc sentit qu'elle se levait. Il la retint doucement.

« Non, dit-il, rassure-toi. Aucun malheur n'est arrivé, mais parle, Myra, parle encore !… Que j'entende ta voix… toi… toi… ma femme… ma bien-aimée Myra !… »

Oui, cette scène, nous l'avons vue, ces paroles, nous les avons entendues. Et nous restions là, les yeux fixes, immobiles, retenant le souffle, terrifiés par cette pensée que celui-là seul qui aurait pu nous rendre Myra sous sa forme visible était mort en emportant son secret !

XVIII

Cette situation, dont nous n'étions plus les maîtres, se terminerait-elle par un dénouement heureux ? Qui aurait pu le croire ? Comment ne pas se dire que Myra était à jamais rayée du monde visible ? Aussi, à cet immense bonheur de l'avoir retrouvée, se mêlait cette immense douleur qu'elle ne fût pas rendue à nos regards dans toute sa grâce et sa beauté.

On imagine ce qu'allait être dans ces conditions l'existence de la famille Roderich.

Myra ne tarda pas à se rendre compte de son état. En passant devant la glace de la cheminée, elle n'avait pas aperçu son image… Elle se retourna vers nous, en jetant un cri d'angoisse, et ne vit pas son ombre à ses côtés…

Il fallut alors tout lui dire, tandis que des sanglots s'échappaient de sa poitrine, tandis que Marc, agenouillé près du fauteuil où elle venait de s'asseoir, essayait en vain de calmer sa douleur. Il l'aimait visible, il l'aimerait invisible. Cette scène nous déchirait le cœur.

Vers la fin de la soirée, le docteur voulut que Myra montât dans la chambre de sa mère. Mieux valait que Mme Roderich la sût près d'elle, l'entendît lui parler.

Quelques jours s'écoulèrent. Ce que n'avaient pu faire nos encouragements, le temps le fit ; Myra s'était résignée. Grâce à sa force d'âme, il sembla bientôt que l'existence normale eût repris son cours. Myra nous prévenait de sa présence en parlant à l'un ou à l'autre. Je l'entends encore disant :

« Mes amis, je suis là… Avez-vous besoin de quelque chose ?… Je vais vous l'apporter… Mon cher Henri, que cherchez-vous ?… Ce livre que vous avez posé sur la table ?… Le voici !… Votre gazette ?… Elle est tombée près de vous… Mon père, c'est l'heure où, d'habitude, je vous embrasse. Pourquoi, Haralan, me regarder avec des yeux si tristes ?… Je t'assure que je suis toute souriante. Pourquoi te faire de la peine ?… Et vous, mon cher Marc, voici mes deux mains… Prenez-les !… Voulez-vous venir au jardin ?… Donnez-moi votre bras, Henri, et nous causerons de mille et mille choses. »

L'adorable et bonne créature n'avait pas voulu qu'il fût apporté aucun changement à la vie de famille. Elle et Marc passaient de longues heures ensemble. Elle ne cessait de lui murmurer d'encourageantes paroles. Elle essayait de le consoler, affirmant qu'elle avait confiance dans l'avenir, que cette invisibilité cesserait un jour… Cet espoir, l'avait-elle réellement ?

Une modification, cependant, une seule, fut faite à notre vie familiale. Myra, comprenant combien sa présence dans ces conditions eût été pénible, ne vint plus prendre sa place à table au milieu de nous. Mais, le repas achevé, elle redescendait au salon. On l'entendait ouvrir et refermer la porte, disant : « Me voici, mes amis, je suis là ! » et elle ne nous quittait plus qu'à l'heure de remonter dans sa chambre, après nous avoir souhaité le bonsoir. Il n'est pas besoin de le dire, si la disparition de Myra Roderich avait produit tant d'effet dans la ville, sa réapparition – je n'ai pas d'autre mot dans mon vocabulaire – en produisit plus encore. De toutes parts arrivèrent des témoignages de la plus vive sympathie, et les visites affluèrent à l'hôtel.

Myra avait renoncé à toute promenade à pied dans les rues de Ragz. Elle ne sortait qu'en voiture fermée, accompagnée de quelqu'un des siens. Mais elle préférait à tout s'asseoir dans le jardin, au milieu de ceux qu'elle aimait, et auxquels, moralement du moins, elle était rendue tout entière.

Pendant ce temps, M. Stepark, le gouverneur et moi-même, nous nous obstinions à faire subir au vieil Hermann des interrogatoires aussi nombreux que stériles. On ne pouvait rien en tirer d'utile dans les tristes circonstances que nous traversions.

Les événements ayant prouvé sa bonne foi en ce qui concernait l'enlèvement présumé de Myra, on ne l'inquiétait plus de ce chef, mais ne pouvait-il se faire qu'il fût au courant des secrets de son maître défunt ? ou même qu'il fût détenteur de la formule d'Otto Storitz ?

Quel remords pour M. Stepark et pour moi-même d'avoir agi avec tant de précipitation lors de la découverte du caveau ! Sans cette précipitation déplorable, ce que nous avions fait pour Hermann, nous aurions pu le faire pour Myra. Un seul flacon de la mystérieuse liqueur, et toutes nos angoisses passées n'auraient plus été qu'un cauchemar effacé dans la joie du réveil.

Le crime involontaire que M. Stepark avait commis, et que j'avais, moi, laissé commettre, nous ne nous en vantions ni l'un ni l'autre. Il demeurerait à jamais enseveli entre nous, et, d'un tacite accord, nous n'avions même pas échangé le moindre mot à ce sujet.

Chacun de notre côté, nous nous acharnions l'un et l'autre à torturer de mille façons le malheureux Hermann, dans le chimérique espoir de lui arracher un secret qu'il ne possédait sans doute pas. Quelle chance y avait-il, en effet, qu'on eût révélé à un domestique dépourvu de la plus vulgaire culture les arcanes de la chimie transcendante, et, si on l'avait fait, quelle probabilité que celui-ci y eût compris quelque chose ?

Le jour vint enfin où nous prîmes conscience de l'inanité de nos efforts, et, comme il ne subsistait, en somme, contre Hermann aucune charge qui fût justiciable des tribunaux, il fallut bien se résoudre en haut lieu à le remettre en liberté.

Mais le sort avait décidé que le pauvre diable ne profiterait pas de cette tardive mansuétude. Le matin où son gardien vint le chercher pour lui rendre la clef des champs, on le trouva mort dans sa cellule, foudroyé par une embolie, comme l'autopsie le démontra ultérieurement.

Ainsi s'évanouit notre dernier espoir. Ainsi nous fut démontré que le secret de Wilhelm Storitz demeurerait à jamais inconnu.

Dans les papiers saisis lors de la perquisition du boulevard Tékéli et déposés à la Maison de Ville, on ne trouva, après un minutieux examen, que de vagues formules, des notations à la fois physiques et chimiques, absolument incompréhensibles. Cela ne nous avançait à rien. Impossible de rien déduire de ce fatras, quant à la reconstitution de la diabolique substance dont Wilhelm Storitz avait fait un si criminel usage.

De même que son bourreau avait surgi du néant, en tombant frappé au cœur par le sabre d'Haralan, de même la malheureuse Myra ne reparaîtrait donc à nos yeux qu'étendue sur son lit de mort.

Dans la matinée du 24 juin, mon frère vint me trouver. Il me parut relativement plus calme.

« Mon cher Henri, me dit-il, j'ai voulu te faire part de la résolution que j'ai prise. Je pense que tu l'approuveras.

– N'en doute pas, répondis-je, et parle en pleine confiance. Je sais que tu n'auras écouté que la voix de la raison.

– De la raison et de l'amour, Henri. Myra n'est qu'à demi ma femme. Il manque à notre mariage la consécration religieuse, puisque la cérémonie a été interrompue avant que les paroles sacramentelles n'eussent été prononcées. Cela crée une situation fausse que je veux faire cesser, pour Myra, pour sa famille, pour tout le monde. »

J'attirai mon frère dans mes bras, et lui dis :

« Je te comprends, Marc, et je n'imagine pas ce qui pourrait faire obstacle à tes désirs...

– Ce serait monstrueux, répondit Marc. Si le prêtre ne voit pas Myra, il l'entendra du moins déclarer qu'elle me prend pour mari comme je la prends pour femme. Je ne pense pas que l'autorité ecclésiastique fasse aucune difficulté.

– Non, mon cher Marc, non, et je me charge de toutes les démarches. »

Ce fut d'abord au curé de la cathédrale que je m'adressai, à l'archiprêtre qui avait officié à cette messe de mariage interrompue par une profanation sans exemple. Le vénérable vieillard me répondit que le cas avait été préalablement examiné, et que l'archevêque de Ragz lui avait donné une solution favorable. Bien qu'elle fût invisible, il n'était pas douteux que la fiancée fût vivante, et, dès lors, apte à recevoir le sacrement du mariage.

Les bans ayant été publiés depuis longtemps, rien ne s'opposa à ce que la date de la cérémonie fût fixée au 2 juillet.

La veille, Myra me dit, ainsi qu'elle me l'avait dit une fois déjà :

« C'est pour demain, Henri... N'oubliez pas ! »

Ce second mariage fut, comme le premier, célébré à la cathédrale Saint-Michel, et dans les mêmes conditions. Mêmes témoins, mêmes amis et invités de la famille Roderich, même affluence de la population.

Qu'il s'y soit mêlé une dose de curiosité plus grande, je l'accorde, et cette curiosité, on la comprendra, on l'excusera. Sans doute, il restait encore dans cette assistance des appréhensions dont le temps seul triompherait. Oui, Wilhelm Storitz était mort ; oui, son serviteur Hermann était mort également... Et pourtant, plus d'un se demandait si cette seconde messe de mariage n'allait pas être interrompue comme la première, si des prodiges ne troubleraient pas de nouveau la cérémonie nuptiale.

Voici les deux époux dans le chœur de la cathédrale. Le fauteuil de Myra paraît inoccupé. Elle est là, cependant.

Marc est debout, tourné vers elle. Il ne peut la voir, mais il la sent près de lui. Il la tient par la main, comme pour attester sa présence devant l'autel.

Derrière, sont placés les témoins, le juge Neuman, le capitaine Haralan, le lieutenant Armgard et moi ; puis M. et Mme Roderich, la pauvre mère agenouillée, implorant du Tout-Puissant un miracle pour sa fille !... Autour se pressent les amis, les notabilités de la ville, emplissant la grande nef, et les bas-côtés fourmillent de monde.

Les cloches sonnent à toute volée, les orgues résonnent à pleins jeux.

L'archiprêtre et ses acolytes sont arrivés. L'office commence, ses cérémonies se déroulent au chant de la maîtrise. À l'offrande, on voit Marc conduire Myra jusqu'à la première marche de l'autel et la ramener, après que son aumône est tombée dans l'aumônière du diacre.

La messe terminée, le vieux prêtre s'est retourné vers l'assistance.

« Myra Roderich, êtes-vous là ?... interroge-t-il.

– Je suis là », répond Myra. Puis, s'adressant à Marc :

« Marc Vidal, consentez-vous à prendre Myra Roderich ici présente pour épouse ?

– Oui, répond mon frère.

– Myra Roderich, consentez-vous à prendre Marc Vidal ici présent pour époux ?

– Oui, répond Myra d'une voix qui est entendue de tous.

– Marc Vidal et Myra Roderich, prononce l'archiprêtre, je vous déclare unis par le sacrement du mariage. »

Après la cérémonie, la foule s'empresse sur la route que doivent suivre les nouveaux époux. On n'entend pas le brouhaha confus de rigueur en de telles circonstances. On se tait, en tendant le cou, dans le fol espoir de voir quelque chose. Nul ne voudrait céder sa place et personne cependant ne désire être au premier rang. Tous sont à la fois poussés par la curiosité et retenus par une peur mystérieuse…

Entre la double haie de cette foule quelque peu craintive, les époux, leurs témoins, leurs amis se rendent à la sacristie. Là, sur les registres de la fabrique, à la signature de Marc Vidal vient se joindre un nom, celui de Myra Roderich, un nom tracé par une main qu'on ne peut voir, par une main qu'on ne verra jamais !

XIX

Tel fut, ce jour-là, 2 juillet, le dénouement de l'histoire étrange qu'il m'a pris fantaisie de raconter. Je conçois qu'elle paraisse incroyable. Il ne faudrait, dans ce cas, en accuser que l'insuffisance de l'auteur. L'histoire n'est malheureusement que trop vraie, bien qu'elle soit unique dans les annales du passé, bien qu'elle doive, je l'espère fermement, rester unique dans les annales de l'avenir.

Il va sans dire que mon frère et Myra avaient abandonné leurs projets d'autrefois. Il ne pouvait plus être question d'un voyage en France. Je prévoyais même que Marc ne ferait plus à Paris que de rares apparitions, et qu'il se fixerait définitivement à Ragz. Gros chagrin, pour moi, auquel je devais me résigner.

Le mieux, en effet, serait de vivre, sa femme et lui, près de M. et Mme Roderich. Le temps arrange tout, et Marc s'accoutumerait à cette existence. Myra s'ingéniait, d'ailleurs, à donner l'illusion de sa présence. On savait toujours où elle était, ce qu'elle faisait. Elle était l'âme de la maison, invisible comme une âme.

Au surplus, sa forme matérielle n'était pas entièrement disparue. N'avait-on pas l'admirable portrait d'elle fait par Marc ? Myra aimait à s'asseoir près de cette toile, et, de sa voix réconfortante, elle disait :

« Je suis là, je suis redevenue visible, et vous me voyez comme je me vois. »

Je restai encore quelques semaines à Ragz, après le mariage, vivant à l'hôtel Roderich dans la plus complète intimité de cette famille si éprouvée, et je ne voyais pas s'approcher sans regret le jour où il faudrait partir. Cependant, il n'est pas de vacances si longues qu'elles ne s'achèvent, et il me fallut enfin regagner Paris.

J'y fus repris par mon métier, plus absorbant qu'un vain peuple ne pense. Toutefois, trop singuliers étaient les événements auxquels j'avais été mêlé, pour que mes préoccupations pussent me les faire oublier. J'y pensais donc sans cesse, et pas un jour ne s'écoula sans que mon souvenir ne s'envolât vers Ragz, près de mon frère et de sa femme, ensemble, présente et lointaine.

Dans le début du mois de janvier suivant, j'évoquais pour la centième fois la scène terrible dont la mort de Wilhelm Storitz avait été le dénouement, quand une idée me vint tout à coup, si simple, si évidente, en vérité, que je m'étonnais de ne pas l'avoir eue plus tôt. Dût mon aveuglement faire tenir en piètre estime mes facultés de logicien, je n'avais jamais songé à rapprocher l'une de l'autre les circonstances de ce drame. Ce jour-là, cette conclusion s'imposa à mon esprit que, si le corps de notre ennemi vaincu avait perdu le pouvoir d'invisibilité qu'il possédait vivant, l'abondante hémorragie consécutive au coup de sabre d'Haralan devait en être l'unique cause. Ce fut un éblouissement. Il m'apparut aussitôt avec certitude que la mystérieuse substance était tenue en suspension dans le sang et qu'elle s'était répandue avec lui.

Cette hypothèse admise, la conséquence s'en déduisait d'elle-même. Ce que le coup du sabre d'Haralan avait fait, le bistouri du chirurgien pouvait le faire. Ce n'était là, en somme, qu'une opération des plus bénignes, qu'il était aisé d'exécuter graduellement, et qu'on pourrait répéter autant qu'il serait nécessaire. Le sang que Myra aurait perdu, elle le remplacerait par du sang tout neuf, et un jour viendrait où ses veines ne contiendraient plus aucune trace de la substance maudite qui privait Marc du bonheur de la voir.

J'écrivis aussitôt à mon frère dans ce sens. Mais, au moment où ma lettre allait partir, j'en reçus une de lui, et je jugeai préférable de retarder l'envoi de la mienne. Dans sa lettre, mon frère m'annonçait, en effet, une nouvelle qui rendait, au moins pour l'instant, mes spéculations inutiles. Myra allait, me disait-il, le rendre père. Ce n'était pas le moment, on en conviendra, de la priver de la moindre goutte de son sang. Elle n'avait pas trop de toutes ses forces pour supporter la redoutable épreuve de la maternité.

La naissance de mon neveu – ou de ma nièce – m'était annoncée pour les derniers jours du mois de mai. L'affection que j'ai pour mon frère étant connue du lecteur, il est inutile de dire que je fus exact au rendez-vous. Dès le 15 mai, j'étais à Ragz, où j'attendis l'événement avec une impatience qui ne le cédait pas à celle du père.

Ce fut le 27 mai qu'il se produisit, et cette date ne sortira jamais de ma mémoire. On dit qu'il n'y a plus de miracle ; il y en eut un cependant ce jour-là, un miracle dont je puis garantir personnellement l'authenticité. Ce que fut ce miracle, on le devine. La nature nous apporta le secours que je voulais demander à l'art, et Myra, comme Lazare, sortit vivante du tombeau. Marc, ébloui, affolé, enivré, la vit lentement surgir de l'ombre, et, doublement père, il vit naître en même temps son enfant et sa femme, qui lui parut plus belle encore d'avoir été si longtemps cachée à ses yeux.

Depuis, mon frère et Myra n'ont pas plus d'histoire que moi-même. Pendant que je m'épuise la cervelle à chercher la perfection mathématique idéale – et inaccessible, puisque les mathématiques sont, comme l'univers, infinies ! – Marc poursuit sa carrière glorieuse de peintre célèbre. Il habite Paris, à deux pas de chez moi, dans un hôtel superbe, où, chaque année, M. et Mme Roderich viennent passer deux mois avec le capitaine devenu le colonel Haralan. Chaque année, cette visite est rendue à Ragz par les deux époux. C'est le seul moment où je sois privé du babil de mon neveu – c'était un neveu, décidément ! – que je chéris avec une tendresse qui tient à la fois de l'oncle et du grand-père. Marc et Myra sont heureux.

Fasse le Ciel que ce bonheur dure de longues années ! Fasse le Ciel que personne ne connaisse les maux qu'ils ont soufferts ! Fasse le Ciel, et ce sera mon dernier mot, que jamais ne soit retrouvé l'exécrable secret de Wilhelm Storitz !

Printed in France by Amazon
Brétigny-sur-Orge, FR

31611105R00060